WALTER MEHRING

ALGIER
ODER
DIE 13 OASENWUNDER
WESTNORDWESTVIERTELWEST

Walter Mehring

ALGIER
ODER
DIE 13 OASENWUNDER

WESTNORDWESTVIERTELWEST
ODER
ÜBER DIE TECHNIK DES SEEREISENS

Zwei Novellen

claassen Verlag

WALTER MEHRING WERKE
HERAUSGEGEBEN VON CHRISTOPH BUCHWALD

Gesetzt aus der Trump-Mediäval der Linotype GmbH
Satz: Dörlemann-Satz, Lemförde
Papier: Papierfabrik Schleipen GmbH, Bad Dürkheim
Druck und Bindearbeiten: Bercker, Grafischer Betrieb GmbH, Kevelaer
Printed in Germany
ISBN 3546464516

Inhalt

ALGIER
ODER
DIE 13 OASENWUNDER

Zeichnung auf der Mattscheibe einer Camera obscura der vorkinematographischen Ära

Es erscheint: Algier geographisch.

Dasselbe: simultan in Reiseprospektausschnitten mit 40 HP.

Es erscheinen: Die Küste Das Tellgebirge Die Sahara Liebe Geburt Beten und Arbeiten Amusement und Begräbnis

Dasselbe: umgerechnet in den kolonialen Effektivwert

Aufmarsch der Araber Berber Kabylen Tuaregs Franken und Angelsachsen

Aufmarsch der statistischen Kolonnen

Dieselben: in der biblischen Zeitlupe

Das Ganze: aus der Entfernung in der Erinnerung

Hoch in Norge

. . . Jeder Abschied muß formal einem gutgelungenen Begräbnis ähneln . . .

Walt Merin, Westnordwest.

»Kraatakake!«

brabbelte er wiederkäuend, denn das ist die Mazze der Norweger. Er sah aus wie Ibsen oder der Dovre-Alte; einer jener erhabenen, weisheitgebeulten Schädel mit Glanzlichtern und bartumrahmt; elektrisch geladene Blau-Augen. Pensionierter Postbeamter aus Aalesund, roch nach Kampfer. Neben ihm huckte ein Gnomenweibchen, silbrige Pusteblumendolde auf unmodischer Kattunwiese, rauchte an einem schweren Zigarrenbolzen. War die Witwe des Solvejgkomponisten, die Witwe des Bronzedenkmals in Bergen. Der dritte war Walt Merin, der vierte ein japanischer Wellensittich, der fünfte ein englischer Haudegen, der sich im Burenkrieg ausgezeichnet hatte. Und fünf Fräuleins, fünf Kamillengewächse aus einem amerikanischen Bürgerheim; Travelers Morningclub, der ›drei Wochen Europa‹ machte, aber hier hängengeblieben war; paralysiert von nordischer Zeitstarre.

So gruppierten sich diese zehn Personen um den Kamin des Hotels herum, und das Hotel balancierte auf der Spitze eines Felsenkegels, umbrandet von der Wildnis des Sognedistriktes.

Jeder eigentlich sehnte sich fort; aber dann kam durch die Gartentür der Portier aus der Sternkälte mit einem ausgerupften Birkchen und schmiß es dem Kamin in die Schnauze, und da stierten sie in die aufschnellenden Flammen, durch die sie wie durch ein Vorhöllengatter die ganze Erde überblicken konnten: die Erde voll zwangsläufiger Sehenswürdigkeiten und alleinseligmachender Plakatfilde:

Ein Ritt in die Jahrtausende der Pyramiden.

Fütterung der Tauben auf dem Markusplatz.

The largest American cemetery of the world (battlefields).

Tennismatch im Damendoppelspiel auf der Jungfrau.

Im Doppeldecker zu den Fujiyamatempeln.

Und: Im Lande der Mitternachtssonne. Das Ziel der Sehnsucht aller Touristen und Naturfreunde.

Ja, da saßen sie nun mit dem Ziel ihrer Sehnsucht; diese Freunde, auf du und du mit der Natur; und da blieben sie eben . . .

Am Tage hingegen konnte man Travelers verspäteten Morningclub auf einer Aussicht wie einen herbstlichen Forst träumen sehen; den Japaner blumige Briefe malen; den Soldaten kindlich eine Bauernbaracke anstaunen, deren Dach ein kompletter Birkbaum entwuchs. Dies erklärte der Brite für das allergrößte Wunder der Welt; seit sechs Wochen bezog er jetzt dort seinen Posten. Das Gnomenweibchen schoß manchmal aus einem Rudel der wilden, weißen Bergziegen hervor. Walt Merin aber wanderte durch die schauerliche Schlucht der hundert Wasserfälle, wo die Lachse quer zur Strömung dösten und die Trolle in verlassenen Drachenhöhlen Smørbroed knabberten und bitterlich weinten.

Wanderte zum Sognefjordbecken, um auf Svava zu warten.

Die Möwen kreischten nervös, weil frische Heringe eintreffen sollten.

Seitlich, wo das Gestein einen glabbrigen Kessel abrundete, rührte das Gewässer Bläschen und Ringe auf, und ein Kopf auf braunen, triefenden Schultern, ein Kopf, aus stillen, melancholischen Pupillen äugend, stieg empor und seufzte, um gleich wieder schamhaft zu tauchen.

»Svava«, sagte Merin sanft, »ich liebe dich. Ich habe es mir überlegt, ich werde dich heiraten.«

Es dauerte eine Weile, bis es gluckte und Svava sich von neuem zeigte.

»Svava«, wiederholte Walt Merin. »Jeg elsker dig!«

»Nein!« sagte Svava. »Abgesehen von anderen Schwierigkeiten trennen uns Milieu und Herkunft allzusehr, als daß du mir treu bleiben würdest. Und wenn du selbst einer Frau die Treue halten könntest, so doch nie einer Existenz.«

»Svava«, rief Walt Merin, »ich schwöre . . .«

»Schwören ist eins, halten ein anderes, so sagen wir Norweger!« unterbrach Svava, »z. B. hast du mir gestanden, daß du Fische nicht riechen kannst. Und Fische sind mein Leibgericht. Daß du keine kleinen Kinder verträgst. Ich aber brauche einen Gatten, der sich um meinen Nachwuchs sorgt und das Fjordwissen meistert. Du bist ein miserabler Schwimmer. Du bist unaufmerksam beim Sich-Sonnen. Du willst ans Meer auch zu Zeiten, wo das verboten ist. Du hast dich über das Schnaufen meines Onkels mokiert und du hast meinem Bruder erklärt, der prähistorische Fischaltar aus seiner europäischen Sammlung sei eine leere Sardinenbüchse. Du . . .«

»Genug!« sagte Merin ungeduldig. »Ich bereue. Ich werde deinem Onkel eine Bernsteinpfeife schenken; ich werde zugeben, daß die Sardinenbüchse ein alter Götze und daß die Europäer verkümmerte Meeresbewohner sind. Ich werde von heute ab . . .«

»Heut ist nicht morgen, so sagen wir Norweger. Und gestern bei unserm Zusammensein: wie entflammte sich deine Erregung neu, als ich dir von meinen Cousinen tief im Süden der Balearen erzählte (oh, ich bemerkte es wohl)! Heute bist du in unsere eingesargten Täler, in unsere Friedhofssinnlichkeit verliebt. Für dich ist eine Ruhepause, was für uns ein Dasein ist; morgen hast du die kleine Svava vergessen! Ich muß fort. Muß noch Anchovis besorgen, Vater den Schnurrbart fetten, die Tangmatratzen aufschütteln. Paa Gjensyn!«

Plumpf! machte es, und Walt Merin folgte vom Ufer der graziösen Kurve, dem silbergefleckten Rücken Svavas, der reizendsten Seehündin.

»A Nigger!«

sagte der Burenkämpfer und spuckte aus. Travelers Morningclub gondelte bereits via Gedser-München-Brennerpaß zu den Lagunen, Solvejgs Stiefmutter durchschaukelte das Kattegat unter des Danebrogs Flattern, der Japaner war per Rentier zu den Lappen, und der Dovre-Alte kehrte in seine Plüschfestung zurück. Der Frost hatte die ganze Sippe in alle Winde zerblasen. Doch ein neuer Gast, beturbant, bronzehäutig, thronte wie ein orientalisches Blendwerk, riesig neben den Engländer gehext.

»A Nigger!« sagte dieser deshalb; spuckte und bestellte schleunigst die Hotelrechnung.

Am nächsten Abend fand sich Merin allein mit dem Turban, den Bärenschinken, den vielerlei Kompotts, dem Mysost – süßem Plastelinkäse – und den galligen Multbeeren in Sahnesuppe gegenüber. Es roch nach Schnee, und der Himmel war zugefroren.

»Afrika!« sagte Walt Merin und starrte in die Waberlohe der Birkenscheite.

Da zog der Turban eine Visitenkarte aus den Mantelfalten:

SINDABAD
K. & K. Touring Co.
Circuit A–F.

»Sie sind . . . Perser?«

»Algerier.«

»K. & K.?«

»Kraatakake bis Kuskus . . .«

»Wir haben«, sagte der Araber, »wir haben dreitausendsiebenhundert Circuits durch alle dem Islam unterworfenen Länder, davon zwanzig spezielle, ›Das kleine Afrika‹ genannt, z. B. der Circuit F erschließt . . .«

»Geben Sie sich keine Mühe«, lehnte Merin ab. »Mir fehlt das nötige Kleingeld.«

»Kifkif!« sagte der Araber. »Fährst ein bißchen Probe. Gefällt dir die Gegend nicht, tauschst um; stört dich Schwarzer, rufst: Kopp ab! Wie du willst!«

Merin mußte an die hausierenden Teppichsidis denken, die einem vor Pariser Cafés einen Smyrna für einige hundert Francs anpreisen und einen ordinären Heimatschund für wenige Sous spaßeshalber aufhalsen, und erkundigte sich ironisch:

»Na also, was soll der Krempel kosten? Mit Wüstenauto, einem Sultan vor den Bauch klopfen, Elefantenjagd und Haremsbesichtigung . . .?«

»Wie du willst. Es kostet dich Wünschen; es kostet dich Versenkung; mit Leib und Seele. Es kostet . . .«

»Mhm! Halluzination? Opiumtricks? Astralhokuspokus? Nein, danke! Ich gehe zu einer solideren Firma.«

»Wie du willst!« entgegnete der Araber unterwürfig. »Wir sind die solideste Firma; alles garantiert echt, und unsere Klienten haben zu allen Geheimnissen: Eintritt frei! Hörst du es brummen? Die Sirene von Übersee ruft. Die tausendunderste Nacht bricht an, und es wird euch so kalt in Europa, daß ihr euch Wärme holen müßt. Unser Volk, armes Volk, aber sehr gastfreundlich! Euer Volk sehr mächtiges Volk, aber friert! Armes, besichtigtes Volk bittet euch: Tretet näher!«

»Reisen wir!« rief Walt Merin. Aber seine Worte schollerten wie in einem tiefen Schacht. Und als er sich umwandte, sah er die Hotelhalle ins Bodenlose der Nacht münden und hörte ein nadelspitzes Klirren an der Glastür. Eine Schneewehe hatte sich dagegengeschichtet.

Da kauerte er sich ganz dicht an den Araber: »Ich will fort. Wann reisen wir?«

Der Araber entfaltete die Schwingen seines weißen Burnus und lächelte: »Reisen schon! weit! unterwegs . . .«

Korsaren

Sobald der erste Cognacstern
Überklettert die eiserne Fähre,
Vertritt man mit aller Länder Herrn
Sein Land auf der Cannebière.
Man erkundige sich im Verkehrsbureau
Nach dem Club für reisende Tote;
Dort trifft man Gulliver, Cyrano,
Jules Verne und den Don Quijote.

(Walt Merin: Kleiner Führer durch den Midi)

Die ›Général Cambronne‹, umspielt von Delphinen, durchpflügt die Fluten des Zweifarbendruckes im Schaufenster des Reisebureaus, wo man Landschaften kaufen kann wie im Geschäft zur Linken Lyoner Seidenstrümpfe und zur Rechten einen Parkettplatz in der Music Hall.

Diese kleinen, bebrillten Schalteräffchen, nüchtern und blasiert wie Bankbeamte, die mit Hellsehergriffen aus den Schicksalsfächern Papptäfelchen und Heftchen (tabakbraun, limonadenrosa, brennesselgrün, dottergelb – Chromatik der Abenteuer) eskamotieren, und jene eleganten Auskunftsherren, die Pläne nach Maß anfertigen und die tibetanischen Zuganschlüsse im Kopfe haben.

»Ich möchte nach Afrika!«

»Sehr wohl, mein Herr. Vielleicht etwas Kongo? Ist sehr en vogue. Dürfte ich Ihnen die Tanganjikatour . . .?«

»Wie steht es mit Nashörnern?«

»Leider zu spät! Findet gerade in diesen Tagen statt. Wir

haben nur noch zweimal des Jahres Rhinozerospirsch. Zu unrentabel! Aber Büffel z. B . . .«

»Gibt es da noch unentdeckte Gebiete?«

»Aber gewiß! Fräulein, wollen Sie bitte dem Herrn das Verzeichnis unserer Forschungsreisen vorlegen!«

»Ich bin im Begriff, eine Hochzeitsreise zu machen; verfüge über circa zwei Monate.«

»Wir hätten da etwas ganz Apartes: den Exodus. Die Route des Volkes Israel. Vierhundert Pfund (Sterling) und Getränke extra.«

»Auf schnellstem Wege aus Europa . . .«, fordert Merin.

»Nordafrika morgen früh via Port Vendres . . .«

»Beschreibung?«

». . . die Pyrenäen öffnen einen weinbesetzten Schoß zu einem Puppenzuber; die Molenschere schneidet ein Stück blauen Mittelmeertuches ab; Palmen wedeln den Himmel blank, und die Sonne putzt die Häuser, die aus der Pier wie Milchzähne wachsen. Zollrevision. Grand Café au Départ. Auf halber Fahrt durchkreuzt der Dampfer die Balearengruppe; Steilgestade mit vielen Grotten, ehemals Zuflucht der Korsaren. Weiter südlich . . .«

Zwischen Merin und Europa lösen sich die Trossen.

Steuerbords entrollt sich Spanien – gigantisch-philiströse Spitzengarnitur der Schneegipfel, am Horizont zum Trocknen aufgehängt.

Die Takelage füllt sich schwerächzend bald mit Himmels-, bald mit Meeresblau, und einer nach dem andern flattern die Nachtschatten mit langen Hälsen herauf, wo aus der Tiefe das Gebrüll des Sturmtieres auf seinen Raubzügen schallt.

Gleichzeitig erleuchten sich die Sterne, die Bordlaternen und die Binnenfenster der Kajütengasse.

Dort, in ihren Gemächern, dem Eßsalon mit den Topfpalmen und den Kabinen mit Samtpolstern, residiert als einziger Passagier Erster die rote Comtesse aus der spannenden Kriminalbücherei – Brillantenüberfracht beglitzert einen achtunggebietenden Busen, mit dem ein ausladendes Heck kongenial wetteifert.

»Ich bin«, spricht sie, über Reling gestimmt, »in wildem Begehr, von der Brise gekost zu werden; ich bin eine veritable Comtesse. Mein teurer Schwiegersohn, der Comte, wird mich morgen am Landungssteg erwarten. Seit dem Tode meiner Tochter bedeute ich ihm Mutter, Freundin und Geliebte. Ja, ich habe in meinem Leben alles erreicht, was ich wollte. Die bescheidene Gasse Bordeaux', in der ich das Licht der Welt erblickte, gehört heute mir. Lange bildete ich in Wien, wo ich ein Appartement im Bristol bewohnte, das Stadtgespräch, und die Zeitungen kommentierten meine Erlebnisse so ausführlich wie sonst nur Finanzskandale. Noch unlängst sagte zu mir der venezolanische Gesandte beim Tennisturnier in Wiesbaden – Wiesbaden ist eine Luxusstätte der Boches –: ›Comtesse, mit Ihren siebzig Jahren könnten Sie den Schutzengel eines Diplomaten zu Fall bringen!‹ «

Und ihre Hand, ein Kalbskotelett eher, in Mehl geschwitzt, rutscht auf dem Geländer zur schwieligen Faust des Schiffsarztes.

»Docteur, warum sehen Sie mich so seltsam an?«

»Tausendmal um Entschuldigung, Madame!« salutiert die alte, medizinische Teerjacke. »Aber ich möchte Sie für mein Leben gern impfen. Wir haben drüben ein bißchen Schwarze-Pocken-Epidemie.«

»Die schwarzen P . . .? Ja, besitze ich nicht eine Luxuskabine? Docteur, ich bin eine alte Frau. Die Gipfel und die Abgründe des menschlichen Daseins schaute ich; den Beifall der Menge und den Haß des Pöbels habe ich erlebt; noch nie hörte ich, daß sich die Besitzer von Luxuskabinen impfen lassen müssen. Aber wenn es denn sein muß, dann bitte nicht in den Oberarm, sondern . . .«

Eine Treppe tiefer, die griesgrämliche Lampe sengt einen Krater in den Kreis der Passagiere Zweiter Klasse. Grünlich schimmernde Gesichtsovale, jedes mit einem Sorgenpäckchen wie mit einem Mundvorrat neben sich: Menschen, die nach Afrika wollen, sie gleichen einer Spiritistensitzung in einem Hinterhaus. In der Verschalung jammert und klopft es, und die Seekrankheit geht um.

»Jedes Jahr fahre ich einmal hinüber«, klagt ein Mütterchen, »nach Carcassonne, wo ich her bin. Immer hoffe ich, daß ich da einmal sterben werde. Aber ich kann doch man bloß fünf Wochen bleiben, wegen dem Geschäft. Papierwaren und Andenken in Oran, falls Sie vorbeikommen . . . Jechen, ist das eine Hetz, so hinter der Seligkeit her.«

»Der Professor meinte, es würde wohl besser werden!« krächzt eine gänzlich bandagierte Mumie. »Sie überdauern uns noch alle: meinte er. Ich habs nämlich auf der Brust. Da haben sie mir die Ehrenlegion noch angeheftet, und ab nach Afrika . . .«

»Dattelimport!« sagt der kleine Spanier, eine Schleiereule mit Hornbrille. »Für die Firma Leroux & Co., die kennen Sie doch gewiß. Miese Ernte, und dazu die kalifornische Konkurrenz. In diesen Sauställen von arabischen Bahnen die Nächte herumliegen, abends mopst man sich in Constantine die Gelbsucht an die Seele! Und Sie? . . .«, wendet er sich zu Walt Merin.

»Ich . . . reise zum Vergnügen . . .«

»Zum Vergnügen . . .«, echot es dumpf von den Medien.

Der Arzt tritt ein: »Alles impfen, die Damen und Herren!«

Die Dritte Klasse ist achtern verstaut, halb im Freien, wo die großen Heckwogen überholen, knisternd mit Seltergebrause.

Sidis, Vagabunden, Soldaten (Riffmaterial), arabische Weiber und anderer Abfall der Schöpfung, hingepfeffert wie ein Haufen Sardinen.

Zwei Burschen, abseits, als Schattenrisse gegen den Durchblick projiziert, sinnen sich in die Unstetigkeit hinein.

»Bobby!« sagt der eine. »Wie es wieder und wieder heranrollt und sich überstürzt. Und alles so harmonisch . . . Bobby, sollen wir es tun?«

Bibi spricht zu Bobby: »Glaubst du, daß das Meer von evolutionistischen Tendenzen bewegt wird? Wenn der Mond über dem Schornstein steht, müssen wir parat sein.«

»Ach, der Mond! Er scheint so objektiv über dem Ganzen, so versöhnend, so gewaltlos.«

»Weil er sich in gehöriger Entfernung hält, Bibi. Weil er nicht der Aufreizung zum Klassenhaß angeklagt ist. Weil er keine Flugblätter verteilt hat. Da kann er schon objektiv scheinen!«

»Sieh, wie die Wolke dort vorbeisegelt, ohne Nahrungs- und Paßsorgen. Dürfte ich doch solche Schönheit vorurteilsfrei genießen wie die feinen Herren Vergnügungsreisenden . . . Bobby, ist denn auch alles ordentlich vorbereitet?«

»Du mußt vor allem dem Kapitän gleich so in die Fresse hauen, daß er aus der Balance kippt. Um halb elf werden wir nach Vorderdeck in den Rauchsalon zum Impfen geführt. Um elf Uhr kommt die Kombüsenmannschaft ran. Dann sind wir vollzählig. Ich provoziere einen Streit mit dem Rhizinusbourgeois. Und hopp! hopp! in zwei Minuten ist die Chose gedeichselt. Wir drehen bei und landen in Conejera. Du, das ist eine feine Insel!«

»Oh ja, Bobby! Und morgen früh gehen wir schwimmen und spielen Badegäste. Ich wollte so gern Vergnügungsreisender sein, einmal im Leben! Immer per Schub an die Front, ins Gefängnis oder um auszukneifen. Frei und anarchisch wie diese Frühlingsnacht auf dem Mittelmeer ... ach, Bobby!«

Unschuldig wie ein Kindlein hopst die ›Général Cambronne‹ auf der Dünung.

In ihren Kojen röcheln die Opfer der Seekrankheit.

Merin hat sich beim Rauchsalon auf einem Tau niedergelassen; zigarettenschmauchend, und gespannt harrt er der ersten Schiffsmeuterei seines Lebens.

Halb elf Uhr.

Bei den höchsten Sprüngen des Dampfers zwinkern ihm schon die Leuchtfeuer von Mallorca und Menorca zu.

Die Dünung faucht hohl und gehässig.

Um das Vorderdeck biegt, hin und her geschleudert, der Zug der zur Impfung Getriebenen.

Kurz vor elf ...

Das Meer schäumt von Pathos über ...

Wird es gelingen? Merin versucht, in Freiheitsstimmung zu kommen.

Durch die Luke sieht er den Arzt die mystischen drei Impfkreuze in Fleisch gravieren.

Plötzlich: ein illegales Rumoren! Sie brechen aus! Der Desperado Bobby an der Spitze.

A bas le vaccin!

Das ist das Signal!

Überall an den Treppenschächten schnellen die meuternden Mannschaftsköpfe auf; negroide und mongolische.

Eine Riesenwoge pufft das Schiff in die Weichen, davon pendeln die Decktüren in den Angeln, und hervor trudelt ein dicker Corpus: die Comtesse in schauerlich klaffendem

Peignoir und vollem Kriegsschmuck ihrer Brillanten, die der Mond aufhetzerisch demonstrativ begleißt.

»Runter mit der Garnitur!« brüllt Bobby.

»Mein Herr!« protestiert die Comtesse. »Sie haben es mit einer Dame zu tun!«

»Ran an den Speck!« kommandiert Bobby hinter Bibi. »Harpuniere das ekle Meerungeheuer! En avant!«

Bibi torkelt drei Schritte vor. Die ›Général Cambronne‹ tanzt die Carmagnole.

»Verzeihen Sie, Madame, würden ... Sie ... die ... die Gefälligkeit, Ihre ... Ihr Geschmeide, ich meine: die Pretiosen.«

Rings im Halbkreis funkeln verwegene Augen. Dramatischer Höhepunkt.

Die Comtesse nestelt ihre Brillanten los.

»Nehmen Sie, mein Herr! Und mögen sie Ihnen mehr Glück denn mir bringen! Ahnten Sie ...«

»Greif zu, opportunistisches Seepferd!« kommandiert Bobby.

»... Wieviel Tränen daran kleben ...«

»Es geht um den Kopf! Sag: Wir sind keine einfachen Räuber!« souffliert Bobby. »Sag: Zwei Opfer der Gesellschaft ...«

»Greif zu! Wir sind keine Opfer! Zwei einfache Räuber ...«, stottert Bibi.

Ein neuer Brandungsprall schleudert den Aufschluchzenden mitten hinein in die sehnsuchtgespannten Arme der Comtesse.

»Armes Kindlein!« orgelt sie und streichelt ihn. »Und ihr andern Irregeleiteten! Nehmt sie hin, meine achtkarätigen Solitairs, und nehmt mein Herz dazu, das für die Bedrängten schlägt!«

»Verrat!« heult Bobby. »Lyncht diese konterrevolutionäre Sirene!«

»Unterbrechen Sie mich nicht, mein Herr! Ich sagte: für die Bedrängten schlägt. Bin ich nicht Ehrenmitglied des Vereins für soziale Fürsorge? Patin entlassener politischer Strafgefangener? Hab ich . . .«

»Auf die Kommandobrücke!« dröhnt Bobbys Schrei.

Da elektrisiert ein konvulsivisches Zucken Bibis Körper. In weitem Bogen entladen sich die Schlacken seiner erschütterten Seele.

Im nächsten Moment hat die Bewegung taktmäßig die andern ergriffen.

Bobby verduftet . . .

Aus der Tiefe quellen Harmonikaklänge . . .

In einer Ecke brütet Walt Merin Verachtung, das Taschentuch an den Mund gepreßt gegen psychische Übelkeit . . .

Einzig die Comtesse behauptet die wankende Walstatt; sie hält den Kopf des sich heftig läuternden Bibi . . .

Der Morgen entzündet sich orangen über tintigen Wellenkratern.

Friedlich, als wäre nichts geschehen, umspielt von Delphinen, durchpflügt die ›Général Cambronne‹ die Fluten des Zweifarbendruckes.

Das Bürgertum Zweiter Klasse schnarcht ahnungslos in seniler Kompromißluft.

Algier erbaut sich auf weißen Kolonnaden und sehr zivilisiert.

Die Eingeborenen erstürmen mit wildem Haßgebrüll die Landungsbrücke.

»Gepäckträger! Gepäckträger!«

Ein junger Beau schmatzt einen Kuß auf die gräfliche Wulsthand:

»Hast du gute Überfahrt gehabt, Schatzi?«

»Prächtig, mein Junge, prächtig! Und *so* liebe Menschen . . .«

In Handschellen, aber mit reinem Gewissen verlassen die reuigen Exrebellen zwischen zwei Agents die Stätte ihrer Verirrung.

Bibi, einen zermatschten Zigarettenstummel an die feixenden Lippen geklebt, wendet sich demütig zu Walt Merin.

»Dürft ich den Herrn um Feuer bitten?«

»Dämlicher Gefühlsdussel!«

Der ›Guide‹

Algier war bis zum XIX. Jahrhundert der Schrecken der zivilisierten Nationen. Von 1628 bis 1634 raubten die Algerier Frankreich achtzig Schiffe. Der Tourist wird ohne Zweifel sich in Gedanken das alte türkische Algier rekonstruieren wollen, das der Vandalismus seiner modernen Einwohner in bedauerlichster Weise entstellt hat.

(Les Guides Bleus: Algier)

Mohammed, auf dem Stammsitz seines Cafés im Winkel des Arkadenrechtecks ›Place du Gouvernement‹, blinzelt gegen die Sonne, unter der das Trachtengebräu gärt: Seide bis Ziegenhaut, Knickerbockers, Pluderhosen, Gabardines, Haiks, Goldgesticktes und Kariertes, Füße in Dreckkrusten, Sandalen, Garantiert-Boxcalf. Dieser Winkel ist der günstigste Operationspunkt Algiers für die Tätigkeit eines Fremdenführers. Mohammed hat so neben sich auf gleicher Basis rechts das noble Ausländerhotel, dessen jeweiligen Insassen er seine charmante Gesellschaft stundenweise verdingt, und links eine Gassenmündung zur großen Moschee, wo er fünfmal am Tage gen Mekka betet und zwanzigmal die Stätte seiner Andacht als Kuriosität preisgibt; hat zur anschließenden Seite seines Quadratbezirkes die prallweiße Front von Djama El Djedid – eine Etude in Kalk aus Gezacktem und Kuppelrundem und vierkantigem Minarett, in das die mosaikumrahmte Stadtuhr ein Farbenintermezzo einfügt – weiterhin, seewärts, öffnet die Rampe des Quais zur bläßlichen Atlasferne, hoch über dem Hafen, der immer, wenn die Paquebots ihre Passagierfracht von sich speien, rot anläuft von den Fez arabischer Gepäckträger. – Hat schließlich schräg gegenüber steil anklimmend das zerluderte Häusergekrös von Kasbah, dem Araberviertel; sein Hauptarbeitsgebiet.

Mohammed ist ein zierlich-martialisches Herrchen. Grinst ständig. Bügelfalten wie Giletteklingen. Gedrilltes Schnurrbärtchen. Parfümiert natürlich, geschminkt, manikürt. Hätten sonst all die islambegeisterten Damen die Überlegenheit ihrer Rasse in seiner Umarmung vergessen? – Oft mußte er seines Schwagers Vertretung in Anspruch nehmen! – Hätten sonst selbst smarteste Vollbluts der United States, die von jeder Berührung schattierter Häute Gefahr für ihre Rekordnormalheit fürchten, mit ihm shake hands gemacht? Freilich trägt er einen untadeligen Waterproof – trotz der Hitze, weil er ihn kürzlich von einem Holländer zum Geschenk erhielt. Nur schaudern seine Begleiter, wenn der piekfeine Orientale vor dem Moscheetor seine Lackschuhe abstreift und den schmierigen Wächtergreis auf Wangen und Hände küßt.

Fünf Maîtres d'Hôtel in insgesamt elf Kultursprachen stehen zur Verfügung der Gäste. Eine Andeutung genügt, und die Geschmäcker sind verschieden. Schwermütige Boys, die ein Platogastmahl servieren könnten, Araberinnen, natürlich aus reichsten Harems und eben geflüchtet, erste Kräfte der Opéra, die Stubenfeen, die Hausknechtmohren, Französinnen auch mit leichtem Mestizeneinschlag: den tugendhaftesten Reisenden erfaßt amouröser Tropenkoller bei dem bloßen Gedanken, daß er Afrikas Boden betreten hat. In komplizierteren Fällen aber schickt man zu Mohammed.

»Please, the Kasbah ...«

Vier Damen und fünf Herren, mit denen Mohammed seinen Rundgang wie gewöhnlich bei der Kathedrale St. Philippe beginnt. Katholische Stilanleihe beim Islam; gegipste Heilige, blinkernde Monstranzen; brillantenstaffierte Gerippe, der ganze Weltentsagungsprunk ließ sich häuslich in Trümmern des überwundenen, barbarisch schlichten Irrkults nieder.

»Wou-thad christian?«

»No, Sir ...«, aber ein wenig Englisch kann Mohammed.

Und, hinter den Führer gedrängt, taucht die Gruppe unter in den gegen sie flutenden Wellen der bleichen, bewegten Gewänder, die der Kasbah abrupte, verästelte Gassenabgründe durchwallen. Anfangs scheuen die neun vor den glitschigen, steilen Korridoren, vor der Nähe fremdartigen Volkes, dessen Atem sie behaucht; dessen Werken und Wirken, unbegreiflich wie das Hantieren einer Alchimistenküche, sie abschreckt. Wenden sich abergläubisch vor dem Augenfunkeln, das so brüsk aus nebelnden Frauenhüllen bricht. Quietschen, wenn eine Schar beladener Esel von oben herab gerade auf sie zugetorkelt kommt. Die Sicherheit, mit der diese dusterfarbigen Kerle, zermorschte Greise, hochmütige Riesen, Lastträger wie Reiche, sie gleichgültig beiseite schieben: das nimmt ihrem Stolz die Luft weg. Höher erst, wo sich vor heiteren, buntgekachelten Miniaturmoscheen Platzmulden mit Sonne füllen, erholt sich das Europäertum der neun.

Unter den anpreschenden Kinderschwarm: Sourdi, Missiou! Sourdi, Missiou! – verteilen sie loyal die – ohnehin lästigen – Kupfersous.

Die Herren stochern mit den Spazierstöcken an den Faulenzenden herum, die auf den Strohmatten maurischer Cafés in ihren Burnussäcken schnarchen, ohne zu reagieren.

Die Damen reden die Weiber englisch an und kichern über das Kopfschütteln und das schnell vorsprudelnde Wortgerassel. Dringen ganz clever schon in Schulhöhlen ein, wo der Taleb mit seiner Klasse im heulenden Chorus den Koran rezitiert. Und da er sich von ihrer Gegenwart nicht unterbrechen läßt, belohnen sie ihn mit einem »Thank you!« für die Vorstellung. Winken freundlich dem Zahnbrecher und seinem winselnden Patienten – und jedes nimmt sich zum Andenken einen der stockigen Zähne mit, die als Reklame zu Pyramiden – gleich Haufen zermalmten Gebeins – geschichtet sind ... Schielen dem schreibenden Arzt über die Schulter, beschnuppern seine Tinkturen, bekiebitzen Dominospieler, hamstern einen kompletten Trödelladen: vergiftete Pfeile, spiralige Dolche, Gürtelschnallen, Dattelkörbe, Mörser, Kuskusmühlen und andere nützliche Dinge, »ins Hotel zu schicken«.

Ja, sehen gerührt zu, wie plötzlich ein eiszottiges einäugiges Monstrum Mohammed mit knotigen Armen umschlingt, und, da sie aus dessen wiederholtem »father of my wife« entnehmen, daß es der Schwiegervater sei, betasten und bestarren sie wie eine Schaubudenfigur den Alten, der umständlich gestikulierend ihnen den Rücken kehrt und dann achtlos durch ihre Mitte entschreitet, als wären sie Moskitos. Mohammed aber schämt sich. Warum? Wegen dieses Rückfalls in primitive Gefühle vor Europäern? Vor dem ärmlichen Vater des geliebtesten Weibes, um derentwillen er sich diesen Fremden verkauft, sich, seine Sitten, seine Sprache, seine Kleidung?

Doch die wünschen nun ein echtes Hausinterieur zu sehen.

Mohammed versteht. Klopft an ein Säulenportal unter einem Zedernholzdach.

Mädchenlachen und Flötengeklimper antworten.

Bauchtänze!

Shocking.

Auf dem Rückweg begegnet Mohammed dem Holländer, der ihm den Gummimantel schenkte und einen Schlips und ein Seidenhemd und Ledergamaschen. Jedes Stück ein Liebespfand für Vermittlungen.

Der Holländer hat zum Kopf eine blonde Hyazinthenknolle mit dünner Goldbrille über zwei grünen Punkten, die vage ein Augenpaar darstellen, und einem roten Fleck, der den Mund bildet. Auf der Knollenspitze balanciert er eine schwarze Melone, die übermäßiges Wachstum seines Triebes hemmen soll.

Des erotischen Triebes nämlich, der in dem fetten Nährboden dieses jungen Schmerbauches – 28 Jahre, sieht aber wie ein Vierziger aus – hypertrophisch ausartete.

Mijnheer Vouwerman.

Den führt die algerische Fremdenindustrie im Wappen.

Seit elf Jahren kommt er regelmäßig nach Algier, und schon auf der Überfahrt erkundigt er sich bei Kapitänen, Stewards und Einheimischen nach dem ›Wildbestand‹, nach Zuwachs und Stärke.

Den arabischen Gepäckträgerburschen fragt er beim Landen: »Hast du keine kleine Schwester?«

Und die fünf Hotelportiers beim Einzug: »Na, wo gehen wir wohl hoite abend hin?«

Herr Vouwerman trägt sich überall als ›Bakteriologe‹ ein. Er behauptet, als Zwanzigjähriger eine Färbemethode mittels Bakterien erfunden zu haben. Jedenfalls ist er steinreich, gutmütig, verschwenderisch. Er kennt Berlin aus der ›Nackttanz-jefällig‹-Epoche, weiß alle Pariser Pied-à-terre-Adressen auswendig und die Namen aller geschiedenen Frauen Bukarests; den Occasions der Prager Kleinseite zieht er Breslaus Ohlegasse vor und Breslau Algier, dessen unbestrittene Kapazität er ist.

Nun hat er zum ersten Male eine Expedition nach Südalgerien gemacht, ist hoch zu Kamel bis El Oued vorgestoßen. Beim Camping nachts in den Dünen verlangte er nach Nomadenmädchen, erlitt einen Malariaanfall, und der Treiber mußte den Fiebernden, der um sich schlug, holländisch phantasierte und dazwischen die ihm geläufigen arabischen Frauennamen schrie, wie eine Dattellast auf den Kamelrükken schnallen, um ihn zu transportieren. Enttäuscht, elend und doppelt gierig ist er zurückgekehrt.

»Oh, Mohammed!« piepst Vouwerman mit seinem weichen, dünnen Stimmchen, und die beiden grünen Punkte fluoreszieren. »Ich mööchte ain ssönes, ssönes Meisken. Willst du Gulden, mein Fröünd? ... oder Dollar? ... Sie muß ganz zierlich sein: eine Gazelle, oh jah! ... Nicht eine Hirschenkuh ... Nein! ... Und keine Cocotte ... Onschüldik, hörst du? Und ich kaufe ihr bracelets. Aus Gold ... Und kleide sie in Samt und Seide ... Wenn sie braaf und jung ist, hörst du? ... Mit lütten Brustknöpsken ... Und mit kakaobrauner Haut ... Und ein Popochen wie ein Grenadeäpfelchen ... und kohleswarze Loken ...«

So schwelgt Vouwerman eine halbe Stunde lang. Und Mohammed breitet vor ihm ein ganzes Lager aus. Beschreibt ihm Genüsse des Jenseits: Antlitze, so keusch geneigt, daß die Schenkel sie wie Mondlicht widerspiegeln; Hüften, die wie Wellen unter dem Schiffskiel wirbeln; Schöße, die sich gleich Dünen um eine Oase wölben; so einheitlich dicht die Brauen, daß die Stirn wie die untergehende Sonne über dem Horizont leuchtet; Neunjährige; Tänzerinnen aus dem M'zab; Jüdinnen und Marokkanerinnen; kabylische Bauernmädchen und tunesische Cherifstöchter ...

Aber der Holländer unterbricht jede poetische Darstellung mit der Frage nach der Adresse, um dann höhnisch aufzulachen. Olle Kamellen! Kennt er bereits!

Die Place du Gouvernement schwitzt Dunst und Abend, nur Djama El Djedids Mauerflächen, Zinnen und Kuppeln absorbieren eigene Tageshelle. Im Gefieder der Palmenkronen über dem Hotel schrillt ein Vogelchor eine Flageolettkadenz tobsüchtiger Violinen. Die Ferne brummt von Dampfern. Breitbeinig, wuchtig, Räuberhauptmanns auf Urlaub, bummeln Spahis vorbei. Einer öffnet den Mantel, in dessen Flammenrot sich ein schleierflockiges Mädchen wie eine Möwe in einem Leuchtfeuer verflattert. Die Würfel, aus denen sich die Kasbah stuft, blitzen aus runden Fensteraugen, die dem Holländer von lauter ungenossenen Lastern zu zwinkern scheinen. Da gerät er außer sich. Ein neuer Malariaanfall kocht in seinen Adern, und sein Trieb sprießt, durchbricht die Gehirnschale und hebt das Hütchen an. Seine Stimme schnappt über und kreischt: »Man ist doch wohl immer nobel gewesen, was? Das Seidenhemd und der Schlips und die dicken Trinkgelder? Da kann man schon Besonderes fordern, denke ich. Und wenn nicht in einer Stunde ein ssönes, ssönes Mädchen, *keine Hirschkuh, keine Cocotte,* zur Stelle ist, dann hole ich mir einen besseren Führer; wer was verdienen will, muß auch was leisten, hörst du, Mohammed?«

Der Holländer dampft ab.

Und Mohammed zeigt jene Grimasse aus Lächeln und Servilheit, die der Araber in europäischen Diensten annimmt. Nicht das Geld reut ihn, nicht die Geschenke. Besitzt er nicht von algerischen Guides die vornehmste Kundschaft und die feinsten Referenzen; darunter: einen Kommandierenden General, Industriemagnaten, weltberühmte Dichter? Verstand er es nicht, den Raffiniertesten etwas vorzumimen? Bisher freilich hatte er es immer mit denselben drei Sorten zu tun gehabt: den Blasierten, die sich über die Waschungen vor dem Gebet, das Manipulieren der Chirurgen, das Kopfrasieren, das Gehader der Handelnden köstlich amüsierten; den ›Forschern‹, die Schädelmessungen an ›Eingeborenen‹ ausführten, Teetrinkenden das Glas aus der Hand nahmen, um einen erläuternden Vortrag darüber zu improvisieren und jeden Koranlesenden zu Studienzwekken benutzten. Jenen schließlich, die mit kolorierten Hetären das Kamasutram nachprüften.

Des Fremden kultureller Vorrang ist ja im Führerpreis miteinbegriffen.

Und was wünscht sich gemeinhin der Reisende mehr, als Landesbewohner über ihre Eigenart aufklären zu dürfen?

Nun aber läßt einer vor Mohammed zum ersten Male alle Beherrschung fallen; knöpft sich einer in Fieberbesessenheit das Europäertum auf.

Das fordert Mohammed heraus.

Da wird sein arabisches Gemüt von der heiligen Scheu ergriffen.

Die Stunde ist noch nicht um, als die Knolle, auf 39,5 erhitzt, sich zum Ultimatum einfindet.

Mohammed, der vor dem Café grinsend am Boden hockt, erhebt sich und:

»Komm mit!« sagt er weniger höflich als sonst.

»Wie alt?« fragt Vouwerman.

»Dreizehn!«

Und sie fädeln sich rasch durch ein Gassentor in die Kasbah ein.

Die hallenden Schritte stöbern kleine, weiße Schwärme Prostituierter auf. An gelben und rosa Wänden nickt manchmal ein Frauenkopf im Käfigfenster. Die Erker machen lange Nasen und ziehen Schnuten. Eine senkrechte Röhre klafft, volltönend von dumpfen Gesängen, die sich bald crescendo herandrängen, bald sich kreischend entfernen. Vouwerman klettert, in Schweiß gebadet, die Hand abwehrend am Hut, gegen das Röhricht der hangenden Stützbalken. Von Zeit zu Zeit ruft er ein »Hörst du, Mohammed?« dem über ihm Eilenden hinterdrein, ohne zu vollenden. Als die alte türkische Festung aufschattet, bekommt er es mit der Angst. Dort braust es zugig vom weiten Meer in der saugenden Tiefe, und die Kälte des Seewinds legt sich wie eine Eiskompresse um seine Stirn.

»Wo willst du denn hin, Mohammed? Du, ich habe einen Revolver, hörst du, Mohammed?«

Nein, der hört nicht! Verstrickt sich schon wieder ins Gassendickicht.

Endlich ein doppelt gewölbtes Portal, das den fetten, holländischen Bissen verschluckt. Kobaltblau getünchter Innenhof mit zwei umlaufenden Arkadengalerien, mit dünnen Schlangenschäften, die im Dämmer kriechen. Über die Treppe hinauf. Eine Tür, aus der ein gaziger Vorhang weht.

»Warte!« sagt Mohammed.

Vouwerman hört wild geflüsterten Wortwechsel, verhaltenes Stöhnen.

»Mohammed! Mohammed!« quäkt er ängstlich. Mohammed erscheint und stößt ihn roh in den Raum.

Vouwerman steht vor einem Baldachinbett, das süße Parfums und Fleischdüfte dünstet; einem hohen Lager schwerer Teppiche, auf dem sich eine weiße Gestalt bewegt.

Hals über Kopf ist er wieder draußen. Poltert die Treppe runter, den Hotelschlüssel als Waffe gezückt. Das Portal ist verschlossen, und oben über die Galerie beugt sich die schimmernde Gestalt mit funkelnden Augen und gibt ein Girren von sich.

Der Holländer kauert sich hinter eine Säule und schläft ein, geplagt vom erotischen Alpdruck.

Als er am nächsten Morgen durchs geöffnete Tor wankt, ist die Knolle gelb und verschrumpelt wie eine gemeine Zwiebel.

Zwei Wochen hindurch welkt sie im Hotelbett und schwadroniert dabei, daß die Hausknechte erröten. »Sumpffieber!« konstatiert der Arzt. »Behext!« sagt der arabische Liftboy.

Nach zwei Wochen Chininfütterung bestellt der Holländer eine Kabine Erster Marseille; und: Man möchte ihm den Mohammed aufs Zimmer schicken.

Mohammed??

Ja, da warte nämlich schon ein Herr von der Polizei, um Monsieur zu vernehmen, ob Monsieur etwas über den Führer aussagen wolle?

Vouwerman protestiert: er sei Bakteriologe und krank.

Als halbe Leiche, aber durch unverschämte Kreuzverhöre: Zu welchem Zweck halten Sie sich in Algier auf? Was taten Sie am fünfzehnten zwischen Mitternacht und zwei Uhr in der Kasbah? Wann sahen Sie fragliches Individuum zum letzten Male? ... Von arabischen Anwandlungen völlig kuriert, windet sich der Holländer in seiner Deckkoje in den Armen der Seekrankheit.

In der Folge erkundigen sich noch alle Gäste regelmäßig nach Mohammed. Im Hotel glaubt man ihn lange wegen eines Einbruchs geflüchtet, der ein Jahr später durch die Verhaftung eines Soldaten aufgeklärt wird. Man zuckt die Achseln.

Der Verdächtige hockt in einem Palmenzelt, in Lumpen gewickelt, vor einem Feuer, Koran lesend; oder träumt Stunden starr von seinem armen, dreizehnjährigen Weibe, das er einem holländischen Schwein ausgeliefert hat.

Der ›Car‹

La Cie. Gle. a su obéir à cette règle pour ses Auto-Circuits. Nord-Africains en les poussant de plus en plus, sur le désir même de sa clientèle, vers les Oasis du Sud et en dotant ces merveilleux ilinéraires sahariens d'un mode de locomotion féerique, lui aussi . . .

(Katalog der Auto-Circuits)

Fremde, gewohnt an Alltagsstrecken wie: Unter den Linden–Halensee, Clichy–Gobelins, Charing Cross–Hampstead, staunen am Gouvernementsplatz vor Aufschriften: Alger–Laghouat, Alger–Biskra auf wackligen, verbeulten Autobusbüchsen, die, mit weißbemäntelten, exaltierten Arabern im Innern gestopft, auf dem Verdeck überfrachtet, Oasenmilieu in die Taxi- und Tramwelt importieren. Die Afrikaner haben diese Beförderungsart mit empörender Selbstverständlichkeit adoptiert.

»Wir dachten, es würde einen Aufstand geben«, sagte der französische Fonctionnaire, der verschiedene Oasen zu bereisen und den Bewohnern den Genuß an der Arbeit und der Palmenzucht beizubringen hat, »einen Aufstand oder eine Panik, als wir mit dem ersten Auto in Ngoussi anratterten. Es war gerade Nomadenmarkt; lauter Wüstenvolk, das so was sein Lebtag nicht gesehen. Wir bremsten mittendrin vor den Brotbuden ab. Nur die Dolchschmiede und Teppichweber drängten sich gleich ran, um uns ihr Zeugs aufzuschwatzen, und die Kinder, um gegen Trinkgeld die Kotflügel blankzuputzen. Wir haben einige ausgefragt, was sie sich so über das Wunder der Technik dächten. Aber: Wunder der Technik, das verstanden sie nicht. Sie meinten: Wunder wäre, wenn man mit einem Stock auf den Sand schlage und es springe Wasser heraus. Ein Pferd laufe schneller als ein Esel und ein Mehari schneller als ein Pferd, und wenn was noch schneller als ein Mehari laufe, so wäre das kein Wunder. Dabei, sowie diese Jungens am Steuer sind, rasen sie wie besoffen, und wer sich ihnen anvertraut, kann sich vorher die Lebensversicherung auszahlen lassen.«

Für die Fremden natürlich stehen feinlackierte Autocars mit 18 HP und Pullman-Fauteuils zur Verfügung. Seit die technischen Zerstörungswunder der battlefields de la grande guerre an Popularität verlieren, erhöhen die Reisegesellschaften ihre Touringangriffe gegen die Sahara, und abends in den großen Metropolen, vor den Schaufenstern ihrer Hauptquartiere, kann man an dem Netz multicolorer elektrischer Glasröhren die täglichen Fortschritte der Cook-, Transatlantik- und Bennetfronten studieren.

Direkt frei Haus inklusive Überfahrt, Aufenthalt in requirierten maurischen Palästen (eingebaute WCs mit antiken Fayencen), Besichtigung von Sandstürmen, Negerhochzeiten, römischen Ruinen (diese freilich durch die flandrischen überholt), charmanten Zwangsvisiten bei unterworfenen Sultans, und zurück über ›zwei Stunden Malta‹, Taubenabknallen in Monte Carlo, Diner im Claridge (Paris). »Diese Mahlzeit wird die letzte unsern Gästen von uns offerierte sein.«

Aus Sparsamkeitsgründen hatte die neugegründete Société des Voyages en Algérie (S.V.A.) Ali ben Ali, ehemaligen Leibchauffeur des Kaids von Ghardaja, engagiert. Cooks

Nordafrika-Abonnenten, acht Stück, waren um sieben Uhr früh von Marseille eingetroffen und schon um dreiviertel neun Uhr mit dem Breakfast und allem, was im Abschnitt Algier einen Stern führt, fertig, so daß sie um viertel zehn über die verdammte Bummelei schimpften, weil sie in drei Wochen 2250 Kilometer absolvieren mußten. Die beiden attachierten Cookbeamten läuteten Sturm bei der S.V.A., die in Gestalt einer blonden Sekretärin die Hände rang und einen Boten nach dem andern zu Ali in die Garage sandte. Ali aber füllte erst sorgsam seinen Magen mit dem nötigen Alkoholbrennstoff auf, dessen er in den Diensten seines früheren, strenggläubigen Herrn so lange entraten hatte, und kam um elf Uhr mit seiner Maschine gemütlich zum Start geschlendert.

Worauf er unter ruckweisem Wechsel der Gangarten Mustapha – dieses alhambrisch-fabrikale Aggregat industriellen Kehrichts und südlichen Gesudels – durchzuckelte, in der Mitidja blühende Orangenbäume schrammte, im Zedernschatten fast einduselte und sich bedächtig in den Kleinen Atlas hinaufschraubte. Hier, benebelt wie die Täler unter ihm, gestreichelt von Morgenfrische, legte er sich ins Kielwasser eines Araberautobusses und gab sich in dessen Führung ganz der Lektüre des Panoramas hin, den Schraffierungen der Waldmanuskripte, den skurrilen Felsschnörkeln und dem leuchtenden Randtext von Algier, der die blauen Dunkelheiten des Mittelmeers erläutert.

Folgte brav immer seinem Vordermann, hielt an, wenn der in Dörfern einen kleinen Schwatz mit Freunden anzapfte, tutete sich ein Wanderlied auf der Hupe in Ermangelung der Flöte, beschrieb Halbkreise um einen Trupp der pilgernden Weißen Väter – der kriegerischen Muselmanmönche –, bis seine Cookschen Sklavenhalter ihn mit unflätigem Geschnauz aus seinem Seelenfrieden rissen.

An der schmalsten Chausseewende eines abschüssigen Hanges überholte Ali den andern Wagen, der leer fuhr. Aber, im Vorbeigleiten, fixierte er den Chauffeur, der den Blick parierte, um im selben Moment mit höchster Geschwindigkeit abzuschnellen, Ali wie auf Kommando hinterdrein.

Da begann eine wahre Wildhatz.

Die beiden Karosserien setzten im Sprung über Steigungen. Oft, wenn das zweite um eine Felskante schliff, kreuzte das erste ihm gefährlichst die Kurve. Beide manövrierten deutlich darauf, sich in den Abgrund zu drängen. Beim Anstieg zum jähesten Grat keuchten sie Pneu hinter Pneu, dann gewann das vordere Boden, und sie durchkreiselten die Kehren in die Tiefe, daß sich fast ihre Spiralen in der Luft schnitten.

Das ganze Kabylengebirge, rosige, fleischige Rümpfe, mit Pusteln betupft, trudelte unter dem blendenden Himmel; Dachfirste, die zu Hütten hochklappten, Mohnblumen in Berberfrauen gewandelt, Abgründe schossen zu Wänden auf.

Alis Autoinsassen blickten anfangs verständnislos in die Landschaftswirbel, die über die Fensterflächen flitzten; die Cookvertreter, triefend vor Angst, lachten laut, um ihren Gästen zu beweisen, daß sie alles programmäßig fänden.

»Ein Teufelskerl!« überschrie der eine das Scheibengerassel.

»Wetten . . . Sieger bleibt!« fetzte aus des anderen verzogenem Mund.

Wetten!

Dies Stichwort löste die Patentzündung der USA-Hirne.

»15 Dollar für Ali!«

»20 . . .!«

»35 . . .!«

Ali indessen, vor seiner Außensteuerung einsam im

Nachmittagsglast, ahnte natürlich nichts von den Schnelligkeitsprämien. Doch er und sein Gegner wußten, um was es ging. Am Morgen, in den wenigen Sekunden, als die Führersitze nebeneinander lagen, hatten sich zwei Todfeinde erkannt. Ali, das war der Enkel des Freiheitskämpfers, der durch Verrat eines Mozabiten aus Ghardaja den Franzosen in die Hände fiel. Jener, der da vor ihm um sein Leben fuhr, war der Enkel des mozabitischen Verräters.

Während man auf federnden Pulmanpolstern einen Rennlunch und angeregte Fachdebatten improvisierte, passierten die Duellanten die letzte Gebirgssiedlung hinaus ins Grenzenlose der Steppe.

Ein Berg noch, dessen Profil schon nächtlich zerschrumpft.

Die Öde, von bleigrauen Grasbüscheln regelmäßig abgesteckt, strafft ihren Kampfplan. Die Luft kräuselt sich, und das Schweigen rieselt. Ein Zuckerhut, Marabutgrab, das sein Leichenweiß immer bewahrt, kleckst hart aus den Dämmergasen.

Auf einmal, wie die beiden am Rücken einer Sandwellung klimmen, schreit die Hupe des ersten; die Bremse kreischt nach. Das klobige Autobusgestell, wie ein scheuendes Getier, bäumt sich auf den Hinterrädern und überschlägt sich krachend. Und Ali, beim Zur-Seite-Reißen seines Wagens vor des Gegners Sturz, sieht aus dem Hügelkamm das Fragezeichen eines Kamelhalses wachsen.

Einen Augenblick regt sich gar nichts hinter ihm.

Dann:

»Hundert ten, two hundert four!« konstatiert ein junger Sportdreß auf der Stoppuhr, findet aber keinen Anklang.

Die Damen sind als erste draußen.

Der Autobus streckt alle viere zum Himmel, der zwischen Wolkenbarren wie ein Holzstoß lodert. Aus einer

Masse, abseits, steigt Gestöhn. Langsam nähert sich eine mönchshafte Schar in Ziegenfellkutten. Nomaden. Und Kamele, in rhythmischem Stapfschritt, schwankend sich scheuernd. Die Spitzen ihrer Kopfdreiecke zeigen alle nach einer Richtung, nach einem imaginären, transzendenten Ziel.

Ein schwarzes, krausbärtiges Tier trompetet einen langgezogenen Blökton, der in die Weite rollt.

Eine Miß hat den Kodak gezückt; die Hand am Sucher, knipst sie:

Sterbender Araber in der Wüste.

Welche gelungene Aufnahme später im World-Magazine beim ›Photographischen Wettbewerb unserer Leserinnen‹ den zweiten Preis erhielt. (Der erste fiel an ›Baby mit seiner Riesenschildkröte‹.)

Eine mildtätige Matrone schleppt Apfelsinen und Cognac an. Alle beobachten das rasselnde Stöhnen des Besiegten.

Außer Ali, der sich bei den schweigenden Nomaden hält. Ohne daß sie eine Frage an ihn richteten, scheinen sie zu verstehen.

»Welche Stimmung!« sagt die Kodakmiß.

»Einer weniger von dem Gesindel!« sagt der dicke Cookmann und steigt vorsichtigerweise zu Ali.

Der Car entschwindet in die Steppennacht.

Im nächsten Dorf, nach frugalem Imbiß aus halbroher Ziege, treffen ein paar Herren beim Verdauungsfooting zwei Leute, die im Finstern auf etwas sich am Boden Windendes einprügeln.

Die Cookvertreter. Sie lassen etwas verlegen von ihrem Opfer ab. Ali erhebt sich blutend, stumm, um davonzuschleichen.

»Das ist ja unser famoser Fahrer!« ruft jemand. »Hier: fünfzig Dollar!«

»Indeed! Er hat sie verdient! Das war ein Rekord!«

Ali rührt sich nicht.

»Altes Kamel!« schnauzt der Interpret. »Wirst du wohl nehmen? Weil du als erster durchs Ziel bist, du Trottel!«

Ali rührt sich nicht. Dann greift er rasch nach den Scheinen, schmeißt sie zerknüllt auf die Erde, zertrampelt sie und spuckt nach den Spendern.

Sofort haben ihn seine Aufseher wieder beim Wickel.

». . . wenn man diese Sorte mal menschlich behandelt!« bemerkt der Interpret als gewiefter Araberkenner.

Die Herren lachen erhaben über die atavistische Äußerung des Naturinstinktes.

Oasennacht

Alîf Lâm Mîm: das sind die mytischen Buchstaben, deren Sinn man niemals suchen darf; deren Erkenntnis Gott allein dem Propheten enthüllt hat.

Die Nacht zieht den Oasengürtel noch enger; mit Dunst und Duster stopft sie die Poren der Palmerie gegen Dürre und Öde der Steppe; sie wattiert die Schritte, entfacht die Fanale der Kohlenbecken und die rachigen, sturmwinselnden Gesänge im Ksar, denen weit draußen das Hundegekläff und die Nomadenfeuer antworten.

Sie ist so fanatisch und weitschweifig wie eine Sure des Koran, erregt von latenter Alarmbereitschaft im Kampf wider die Wüste. Heute, wo ihm doch alle Waffen des Komforts zur Verfügung stünden, wo man mit technischen Kniffen die Natur überrumpelt hat, gibt der Eingeborene diesen primitiven Kampf nicht auf. Er gelangt nicht dazu, sich mit den Vorteilen der Elektrizität und Motoren auseinanderzusetzen, solange er nicht über sein ihm nächstes Problem hinauskommt: daß aus dem Nichts, aus dem Unfruchtbaren Oasenleben aufblühen konnte.

Immer war es ein Marabut, ein Heiliger, der auf der Pilgerschaft, am Ende seiner irdischen Kräfte, bei Sonnenuntergang eine Quelle erweckte und anderntags im Schatten der ersten Palmen aufwachte, die, zu Oasen anwachsend, das unwiderlegliche Mirakel überlieferten: Eine Quelle, Feuchte; da sie alles Existenznötige hergibt: wären Maschinen solcher Einfachheit fähig?

Schummriges Felsengebäck aus Tonerde, Dünger und Sand; amphitheatralisches Geklüft, wo der Araber horstet; zwei kalkige Maulwurfskuppeln die Moschee. Aber das Werk dieser Gehäuse arbeitet ebenso reichhaltig wie jedes der großen europäischen Kapitalen. Aber daß diese Unscheinbarkeit sich mit so raffinierten, so ausgetüftelten Genüssen trifft, macht sie dem Fremden unerfaßbar. Unfaßbar die Basis, das Gesetz, das den Islam mit fünf simpelsten Vorschriften und durch die Schönheit seiner Verse regiert.

»Der Koran ist für den Europäer ein unbegreifliches Buch; ein Buch, das sich nicht analysieren läßt . . .«, bekannte ein französischer Offizier, der sein Dasein dort unten verbrachte. Kein Araber kennt auch nur die Trübung eines Zweifels an dem Apostel, der als Kaufmann begann, in elf Jahren die ganze göttliche Offenbarung niederlegte und bis zum Ende seiner Tage wiederholte, zwei Dinge vor allem hätte Allah zum Glück der Menschheit geschaffen: Frauen und Parfums. Der seinen Priestern das Heiraten verbot und den Marabuts, den Heiligen, es erlaubte, soviel sie wollten. Der Dichter, der Kriege führte und nichts von der Beute anrührte außer den schönsten Mädchen.

Drei Steine für den Mann, zwei für die Frau. Proletische Steine vom Felde. Kein Name und kein Ruhe sanft; kein Blumenarrangement eines untröstlichen Kriegervereines, kein Chopinscher Trauermarsch. An allen öffentlichen Straßen des Südens sandet in der Steppe solch pietätlose

Scherbenstätte. Des Arabers Friedhof. Und wäre es eines Reichen Grab, der sein Leben lang an gold- und silbergestickten Gewändern, an Turban- und Ganduraseide Millionen häufte. Allein für den Marabut jene zuckrigen Mausoleen, wo die Weiber um Kindersegen und Liebhaber betteln.

Wenn man ihre Friedhöfe sieht, ahnt man nicht, von welcher Lebenswut sie besessen sind. Wenn man sie im Leben sieht, schlafen sie auf den Steinbänken der Cafés, schlafen im Staub und auf Matten und quer über Wege und Straßen: nichts von dem Explosivstoff, der sich in diesen trägen Massen speichert.

Alltägliches, in einer fremden Milieuschrift geschrieben, wird zu bombastischem Zeremoniell. So auch wird einer, abgestumpft gegen babylonische Sprachenverstümmlung der Lichtreklamen, wo sich Kintopps, Zigaretten und Füllfederhalter überschreien, zum kläglichen Analphabeten vor dem feurigen Menetekel der knochenbleichen Oasennacht.

. . . sie hat die Temperatur der Traumlandschaften.

Sindabad macht beim Krämer halt, ein Dutzend Kerzen, eine Tüte Weihrauch und Parfums zu erfeilschen, die er sorgsam schnuppernd prüft.

». . . für den Marabut von El Hamel. Ich sende ihm jede Woche ein Paketchen hinauf.«

Und, indem sie weiterstapfen, durch das gepolsterte, verstrickte Dunkel der Siedlung, spricht er:

»Ich will dir die Geschichte der drei Feuer von Bou-Saada erzählen.«

Indem, da sie durch ein Felstor biegen, schlägt ihnen eine Feuerlohe entgegen, und ein Greis erhebt sich und ruft: »Ya, Sidi, möchtest du nicht einen andern Weg nehmen?« – und: »Fiam-allah . . .«

Und Sindabad sagt zu Walt Merin, der vor etwas Widerleuchtendem zurückschrak: »Sie waschen einen Toten. Und das ist die erste Geschichte:

Von Mohammed dem Irren
oder
Dem gestohlenen Feuer

Du mußt wissen, daß es in der Umgegend einen weiblichen Marabut gab: Lallah Sineb, eine so außerordentlich bedeutende Frau, daß die Tholba, die Schüler, von weither zu ihr pilgerten, um von ihr zu lernen. Auch war sie die Tochter Ben Bel-Kassims, des größten und mächtigsten Marabuts, der noch einige Stücke aus dem magischen Schatz besaß.«

»Der magische Schatz?«

»Ja, das ist eine so bekannte Legende, daß sie dir jeder Hotelportier in Algier hersagt und daß man an Ort und Stelle an die Ausländer Spaten verkauft, zum Nachgraben; aber natürlich finden sie gar nichts, denn der Schatz eben war durch verruchte christliche Zauberei aus unserm Boden explodiert und hatte sich wie ein Lavaregen über Europa ergossen. Und deshalb, als Bel-Kassim im Sterben lag, hieß er seine Verwandten hinausgehen bis auf seine Tochter Sineb, zu der er sprach:

›Ich hinterlasse dir dreierlei: die Reinheit meines Lebenswandels zunächst; die Pretiosen vom Kebr-er-Rumija zu zweit, als drittes das Gebot: Wenn der Norden den Süden färbt, soll einer der Unsern ins Land der Christen ziehn, um zu erfahren, was aus dem Goldschatz geworden ist . . .‹

In Rätseln sich auszudrücken gebietet uns die Vorsicht, daß alles seine natürliche und übersinnliche Lösung hat; und Grübeln ist der Hauptsinn unseres Zeitverbrauches. Aber Lallah Sineb starb und vermachte das Geheimnis ungeklärt ihren Söhnen, von denen der eine jener Marabut Bel-Kassim ist, dem ich wöchentlich eine Gabe sende, und der andere Mohammed, dessen Leichnam man dort an der Ecke wäscht.

Es vergingen zwanzig Jahre, ohne daß der Norden den Süden färbte, und die Worte, die sich die beiden Brüder vielleicht manchmal wiederholten, schienen nur mehr eine elegante Formel ohne Inhalt.

Da, nach Ablauf dieser zwanzig Jahre, folgte dem Untergang der Julisonne ein so heftiger Frost, daß viele von uns während des Schlafes erfroren, und der Himmel senkte sich sehr tief und lastete in glitzernden Schichten auf den Dachflächen. *Schnee!*«

»Es schneite in Bou-Saada?«

»Ein einziger, Freiheitskämpfer der zweiundfünfzig Tage, belehrte uns, daß, als der Schek von Saada und seine Truppen niedergemetzelt wurden, sich dies wie alles Ungewöhnliche durch Schnee in der Hodnaebene angekündigt hatte . . .

In der folgenden Woche – solange belagerte uns das eisige Wetter – ritten wir mit Mohammed zum Marabut, der uns mit Kaffee bewirtete, und wir tranken und rauchten eine Stunde wortlos.

Dann schritt der Marabut auf seinen Bruder zu, umarmte und küßte ihn und sagte: ›Reise mit dem Heil!‹ und sagte gar nichts weiter.

Und küßte nochmals Mohammed in deutlicher Erregung.

Die Kunde aber drang bis zu den Nomaden und wuchs bis zum Gerücht, daß einer auszog, den verlorenen Schatz zu heben.

›Höre‹, sprach Abu Said, der Mozabit – Wucherer und Schwarzkünstler wie sie alle –, vor der Moschee, die er nicht betrat, den Mohammed an. ›Ich wüßte ein Mittel, das Gold an dich zu bringen.‹

Und Mohammed – denn er war doch zum Sterben arm – nahm an, und Abu Said hängte ihm ein Papierchen, mit Safran beschrieben, in einem Skapulier um, und ein zweites ließ er ihn kauen und ein drittes mit seinem Blut unterzeichnen.

Und bald war es nicht Mohammeds Frau allein, sondern eine Menge, die ihren Männern nachweinten. Die Regierung sammelte Menschen zum großen Kriege.

Die zurückkehrten, berichteten so Gräßliches, daß die andern es für die Sprache eines Dämons hielten ... Denn wie du weißt, neigen wir dazu, Erlebnisse auszustatten wie Pferde zu den Reitfesten.

Dreißig hingegen kehrten nie zurück; Mohammed war von diesen ...

In Bou-Saada stellten sich die ersten Vergnügungsreisenden ein, die ich im Auftrag unserer Gesellschaft zu begleiten hatte. Die mußten zu ihrem Entsetzen meistens noch die arabischen Autobusse benutzen. Oft kam es zu Zänkereien; und die Europäer forderten mitten in der Steppe, daß man das stinkende Gesindel aussetze. Z. B. stieg da mal in Algier ein ganz Zerlumpter ein, dem fehlte ein Arm und das Geld zur Reise; dafür hatte er aber eine Masse Gedenkmünzen und Orden, und mit einigen bestach er den Chauffeur.

Benahm sich auch ganz manierlich, bis ihn jemand auf englisch anredete ... der Kerl verstand glänzend Englisch ... und was vom Kriege erwähnte und was von Heldentum ... Und darauf feixte der Kerl, und der Engländer fühlte sich beleidigt, und darauf brach der Kerl in ein Gelächter aus und sagte etwas sehr Häßliches ... ›Mörder!‹ sagte er. Und zum Unglück verhedderte er sich noch mit seiner Prothese in den guten englischen Stoff und zerschlitzte ihn. Und natürlich wurde er an der nächsten Station abgesetzt.

Und als ich wiederum Fremde nach Bou-Saada brachte, war der Zerlumpte da und trieb allerhand Unfug. Bald grub er sich mit den Händen in den Sand ein und schrie: ›So lebten die Europäer; sie stiegen lebendig ins Grab und kämpften dort miteinander.‹ Bald trommelte er auf einen Krug, wie die wandernden Erzähler tun, zu seiner Rede. – ›Ich habe das Gold gesehen; und sie haben Kanäle gezogen, um das Land damit zu bewässern ...‹ – Und: ›Ihre Reichtümer und ihre Kinder werden ihnen zu nichts vor Allah dienen!‹ (Wie es heißt in der 58. Sure.)

Ernst umstanden ihn die Männer; denn die Aussprüche eines Irren gelten uns als heilig.

Und ich fragte: ›Wer ist dieser Mann?‹

Und sie antworteten: ›Es ist doch Mohammed, unseres Marabuts Bruder, mit dem Allah sei.‹

Wie aber Abu Said das vernahm, rannte er zu Bel-Kassim und verlangte seinen Anteil. Und Bel-Kassim berief seinen Bruder zu sich und sprach zu ihm: ›Hier ist der Mozabit, dem du das Gold versprachst. Zeige es ihm!‹

Da griff Mohammed nach seinem Dolche, stach sich ins Handgelenk, ließ das Blut rinnen, und: ›Hier ist es!‹ sprach er und ließ es rinnen, bis er verblutete ...

An der Seite des Marabuts verblutete er ...

Dies geschah vorgestern abend; und jetzt waschen sie seinen Leib, alles, was ihm davon gehört ...«

»Gehört er ihm nicht ganz?«

»Er hatte ja einen geborgten Arm, eine Prothese! Die aber hat ihm der Marabut abschrauben lassen und der Regierung als der rechtmäßigen Besitzerin zurückerstattet . . .«

Indem sie weiterstapfen durch das verstrickte, gepolsterte Dunkel der Siedlung, kommen sie zu einer Art Scheunentor und treten in einen langgestreckten Hof mit roh gedrechselten Arkaden, in den die Nacht einströmt. Ringsum flackern Türausschnitte wie die Boxen einer Stallung, und es ist ein ständiges Burnusgeistern, Flötengetriller und grelles Gezirp von Frauenstimmen. Vor einem Pfeiler röstet sich ein skelettierter Bettler seine Beinknochen über einem Kohlenbecken.

Und auch in den Stuben rauchen überall solche Schalen.

Und Sindabad sagt: »Wir sind im Hause der Oulad Nail. Wir wollen einen Kaffee bei ihnen nehmen.«

Und eines der Mädchen hebt mit dem silbergepanzerten Arm die Portiere an, ganz damenhaft ladet sie zu sich; sie schüttelt die Karbidlampe auf und richtet die Teppiche her. Indes gesellen sich andere hinzu, jedes mit den Fingerspitzen die Zähne zum Gruße berührend, Männer und Frauen.

Ein Blinder!

Sindabad neigt sich und flüstert Walt Merin ins Ohr: »Abu Said! Ich vergaß dir zu sagen, daß der Anblick des Blutes sein Gesicht blendete. Freilich meinte unser Garnisonsarzt, er hätte sich an einer der Gedenkmünzen, die er dem Mohammed abnahm, infiziert.«

Merin rückt ein wenig ab, als der Blinde, an dessen Augen Geschwüre schwären, sich niederläßt, dessen geile, suchende Hände die Frauen betasten.

Indem aber das Mädchen in den Kohlen stochert, den Kaffee zu bereiten, beginnt Sindabad seine Geschichte:

Von Sidi Nail und seinen Töchtern
oder
Dem erblichen Feuer

»... denn die Viper wird keinen verletzen; es sei denn, sie hätte dazu Allahs Willen und Erlaubnis ...«

(Ausspruch des Sidi Nail)

»Es befand sich im südlichen Teile von Maghreb oder Marokko ein Palais in höchster Vollendung maurischen Stils, vollendet in der Komposition geäderten Marmors, in der Vielfalt der Fayencen, im Gewebe der Arabesken, daß die Gesamtheit in fortwährender Bewegung und Umgliederung erschien. Im Innern aber war jeder Saal auf eine besondere Impression abgestimmt und auf ein besonderes Parfum. Und es waren fünfunddreißig Säle und folglich fünfunddreißig Impressionen und ihre Parfums.

Und wenn Fremde sich erkundigten: ›Wem gehört dieser Palast?‹

Antwortete man: ›Sidi Nail, unserm Statthalter, dem Manne, dem sich jeder Wunsch erfüllt.‹

Was das bedeutet, ist unmöglich in europäische Phantasie umzurechnen, die allein im Kostenanschlag erfinderisch wird; weswegen alle Juweliere von Paris, alle Innenarchitekten von Wien, alle Chocolatiers von Warschau und Frauenkenner von Bukarest außerstande gewesen wären, die Sinnlichkeit eines Sidi Nail zu befriedigen.

Sidi Nail verfügte über 250 Köche und ihre Spezialgerichte: der eine stellte nur Mandelcrêmes her, ein zweiter kandierte Früchte, ein dritter briet Ziegen am Rost so, daß sie nach den verschiedensten Fleischsorten schmeckten, und einer bereitete den Kuskus nach soviel Rezepten, als das Jahr Tage hat.

Sidi Nail verfügte außerdem über die witzigsten Rezitatoren, die auserwähltesten Sklavinnen, über eine immense Kenntnis von Versen und einen Adel von zweiunddreißig Graden – denn er war der direkte Nachkomme von Ali, Mohammeds Schwiegersohn, und folglich Cherif.

Beliebt am Hofe des Sultans Hassan, bescheiden in seinen Gesprächen mit den Priestern, die aus der benachbarten Zaouja von Sagiet-El-Hamra hervorgingen, befeuert von dem Verlangen, gleich ihnen in die Berge und Wüsten zu ziehen, um Berber und Kabylen zu bekehren, gleichgültig gegen all das in den Armen irgendeiner Fatme:

so hätte er sein Dasein beschlossen in dem festen Glauben, diese Erde sei genauso vollendet eingerichtet wie sein Palast, ohne zu bemerken, daß die Tholba von Sagiet Trunkenbolde und Wüstlinge waren, die ihre Missionstätigkeit nicht über die Weiber der umliegenden Dörfer ausdehnten, daß unter seinem Volk die gräßlichsten Epidemien wüteten und daß der ganze Hofstaat von Christengeldern korrumpiert war.

Nun hatte der Sultan Hassan von einem ausländischen Fürsten ein überaus wertvolles Waffenarsenal erhalten, gab deshalb Befehl, einen Krieg zu arrangieren. Nach langen Beratungen einigte man sich auf Tunis. Und Sidi Nail wurde durch Ernennung zum zweiten Offizier in seinen Geist- und Liebesexerzitien unterbrochen.

Er ließ sich also eine Rüstung nach eigenen Entwürfen schmieden, verfaßte eine Dichtung an seine augenblickliche Lieblingssklavin, worin er ihr den Kopf des feindlichen Heerführers auf einer silbernen Platte versprach, und erregte beim Ausmarsch durch seinen kriegerischen Aufwand eine Bewunderung, die noch nachhallte, als bereits die Armee des Sultans Hassan an der Grenze von Tunis verfault war.

Sidi Nail, abgesprengt von den wenigen Überlebenden, das Sandmeer durchirrend, nächtigend unter dem Bauch seines Pferdes, um sich gegen Dünenverwehung zu schützen, erlangte, von Fiebern gehetzt, das lindernde Grün einer Palmenwaldung, wo er von Eingeborenen erfuhr, daß Sultan Hassans Nachfolger ihn zum Hauptschuldigen des Krieges ausgerufen hatte.

Der verwöhnteste Araber kann sich im Nu in den bedürfnislosesten Sterblichen verwandeln. Dem Sidi Nail aber hatte Allah mit der Erfüllung jeglichen Wunsches die Gabe verliehen, immer nur die großen Konstellationen zu erkennen, die Erbärmlichkeit der Details hingegen getrübt und verschwommen zu erblicken. Und also tauschte der Sidi seinen Gaul gegen einige Lämmer, mit denen und dem Koran er in die Steppe wanderte.

Zwei Regenzeiten waren über ihn hinweggerauscht. Der ehemalige Statthalter nährte sich von Milch und Fleisch seiner Tiere, die sich von den glasbrüchigen Pflanzentuffs der verharschten, rotrissigen Ebene nährten. Schlangen und Skorpione krochen nachts in seinen Burnusfalten unter, und Moskitos sogen sich an seinem Blute satt, ohne ihm zu schaden und ohne daß er ihrer gewahr wurde. In seinem gehärteten, gedörrten Körper flackerte als einzig Lebendiges: Gier nach dem Weibe.

Einst, wie er auf einem gen Himmel weisenden Felsenfinger rastete und auf der Flöte die unendliche Melodie spann – und der Abend kupferte die pulverigen Rillen und das Gekröse ausgetrockneter Flußläufe –, schaukelte ein Karawanenschatten herauf, die vordersten Kamele unter scharlachnen Baldachinkuppeln, daran Sidi Nail einen Hochzeitszug erkannte.

Da überlief ihn die Nähe von Frauen so eisig, daß er herabstieg und sich zu den Anführern wandte:

›Daß Allah mit Euch sei!‹ sagte er in seiner alten Galanterie. ›Der zu Euch spricht, entbehrt seit Jahren menschlicher Stimme und Gesellschaft. Er bittet Euch, seine karge Gastfreundschaft zu teilen und ein wenig Milch für Euch und Eure Frauen entgegenzunehmen.‹

Doch vergaß Sidi Nail, daß er nicht mehr der prächtige Cherif war, sondern ein schäbiger Nomade; deshalb stießen ihn die Führer fluchend zur Seite, ja einer ging mit dem Treiberknüttel auf ihn los, als ein Sturm mit brüsker Plötzlichkeit entbrandete, zischend in kreiselnden Puderspiralen, Sandkatarakte niederstürzend.

Sobald Sidi Nail ersten, knisternden Atem holte – weit über die Berge sielten noch die Sturmwellen –, fand er sich vor einem stur ragenden Kamel; inmitten des zerfetzten Baldachins wie in einer Riesenblüte die Braut. Sie schien kaum zehnjährig, kindlich verängstigt und wollüstig böse, erstarrt vom Entsetzen, mit diesem hexenden Nomaden isoliert zu sein.

Solcher Anblick erregte unmittelbar heftigste Leidenschaft in Sidi Nail, der ausrief: ›Yâ, Allah! Glückselig eine Menschheit, zu deren Freude du so liebliche Frauen geschaffen hast!‹

Als Antwort flüchtete sich das Mädchen zuhöchst auf den Kamelhöcker, indem sie schrie: ›Wage nicht, mich anzurühren, verschmutzter Lump!‹

Lächelnd neigte sich der Sidi, wie zum Abschied die Hand hebend, aber bei dieser Geste blitzte der große Diamant von den Ringen seines letzten Schmucks; der stach mit seinem Glitzern das Mädchen, daß sie hinzusetzte:

›Warte doch ein wenig und verzeih mir meine Aufwallung. Du wärest auch wenig höflich, mich in der Einsamkeit zu verlassen, und tätest besser, an ein Mittel zu denken, um mich zu den Meinen zurückzuführen.‹

Und sie sandte einen begehrlichen Blick nach seinem Ringe.

Und da der Sidi den Blick auffing, war er in seiner Arglosigkeit überzeugt, daß seine Liebe erwidert würde; er warf sich zu Boden und betete mit aller Inbrunst seines Verlangens, bis die schnell fallende Nacht sie umschloß.

Dann beschrieb er einen Kreis, schöpfte aus dessen Mitte eine Handvoll Sand, die er nordwärts schleuderte und mit geheimen Formeln begleitete. Alsbald erdröhnte der Raum über ihnen von klatschenden Flügelschlägen, etwas Adlerartiges, Gigantisches überschweifte sie, schoß meteorisch herab, pferdhaft und beschwingt anzusehen.

Das Mädchen kreischte hell auf; willig – denn sie wähnte, in eines Zauberers Gewalt zu sein – ließ sie sich vom Sidi auf die breite Kruppe des Ungeheuers heben, das schnaubend aufbäumte unter der Last und sich in die Luft riß mit den beiden, die sich zwischen seinen Flügeln einten.

Das seltsame Vieh, buntschuppig, erzhufig, glutmähnig, war Ifrit, jener Djinn, der dem König Salomo einst den Thron der Königin von Saba übermittelt, später manchem eiligen Marabut zur Beförderung gedient hatte und nun das Paar quer über Bergketten dirigierte, um es bei anbrechendem Morgen im Süden Bou-Saadas am Eingang einer Palmenallee abzusetzen, die, orangengestirnt, die Liebenden auf schattengetigerten Weggirlanden geleitete.

›Gelobt sei Allah, der uns dies Paradies erschloß!‹ rief Sidi Nail in rascher Begeisterung, die sich indessen legte, als statt aller Märchenhaftigkeit, die nach so abenteuerlicher Fahrt die Illusion erfordert, ein ganz gemeiner Duar zum Vorschein kam; statt paradiesischer, feingeistiger Wesen, die etwa nur in Versen redeten, ein stupides, mißtrauisches Pack, das in Zelten nistete und nichts vom Koran ahnte. ›Gelobt sei Allah!‹ wiederholte der Sidi; doch seine schöne Freundin zeterte: nicht einen Augenblick würde sie hier bleiben! und: was habe sich denn dieser Dämon mit seinem anmaßenden Getöse gedacht, ihr so etwas anzubieten!

Der Sidi – er wagte nicht zu gestehn, daß auch die Magie voller Unzulänglichkeiten sei – vertröstete die Geliebte, es handle sich nur um eine kleine Ruhepause im Zaubern. Machte sich heimlich an die Arbeit, lehrte die Eingeborenen Gurbis aus Erde mauern, den Koran vorwärts und rückwärts rezitieren, Brunnen graben, erweckte Quellen und baute selbst eine bescheidene Moschee und eine zierliche Villa. Eine völlige Stadt mit Befestigungen, Laubengängen und Türmen wuchs aus dem Staub hoch über die Palmenkronen, eine Stadt einer Frau zuliebe; und bald, wenn er seinen Teppich auf dem Markte ausbreitete, regneten die Spenden so reichlich, daß er wieder einen gewissen Wohlstand erwarb.

Aber es waren bis zur Vollendung Jahre verstrichen, die den Sidi gealtert hatten und ihn seiner Frau zur Last machten; und als er ihr stolz seine Gründung zeigte, machte sie sich von ihm los und sagte streng: ›Wie undankbar, wie eingebildet bist du, von dir zu reden! Ich kann mit einem Manne nicht zusammenleben, der gottlos genug ist, nach allem Glück, das ihm Allah beschieden, nicht an die heiligste Pflicht, die Wallfahrt nach Mekka, zu denken!‹

›Bei Allah!‹ rief der Sidi. ›Und es ist das höchste Glück, ein frommes Weib zu haben!‹ Dem zum Danke er sich noch am gleichen Tage auf die Pilgerschaft begab.

Krank kehrte er zurück. Sein Atem keuchte, als er wieder die Palmenallee durchritt an einem Morgen, bräutlich wie jener erste, so jubelnd, daß der Sidi seine quälendsten Schmerzen vergaß und mit lauter Stimme Allah lobte. Laut singend auch trabte er dem Sonnentor der Allee entgegen, schnüffelte in Gedanken schon den Fettruch des Kuskus, verkostete schon die Liebkosungen seiner Frau, ersann ungeheuerliche Schilderungen seiner Reise. Doch nun empfing ihn ein Anblick, der den Immer-Glücklichen zum ersten Male erschütterte: zerschellt lag die Moschee; die Hütten in fahle Sandhügel zersetzt; fremdes Nomadenvolk hauste zwischen den Scherben seiner Schöpfung.

Wo die Arkaden früher trubelnden Markt umrahmten, wo jeder Vorübergehende ihm den Burnussaum geküßt, bettelte mit monotonen Litaneien der siechende Sidi um den Abfall roher Mahlzeiten. Schlug sich, der elendeste unter ihnen, mit Bettlern um Knochen und Därme. Ein einziges Geschöpf sorgte sich um das Ende seiner Tage; eine neunjährige Waise, die das Liebesgewerbe ausübte.

Ayscha nämlich war weit über ihr Alter hinaus klug und sinnlich, und der Sidi nannte sie lächelnd sein ähnlichstes, echtestes Kind.

So geschah es auch, daß sie beim Dattelpflücken in der Oase einen reichen Herrn bezauberte, der an der Quelle des Sidi Nail Rast hielt. Drei Tage und Nächte lebten sie zusammen. Und immer wieder wußte sie neue Leidenschaften zu erfinden, bis er ihr, was er an Schmuck besessen, Stück für Stück gegeben.

Aber da sie in die Oase zurückrannte, ihr Röckchen an zwei Zipfeln gerafft, um mit dem ganzen Schatz an Silber und Juwelen, außer sich vor Freude, ihres Vaters Not zu enden, kam sie gerade noch zurecht, um zu sehen, wie sie ihn in das Leichentuch einnähten.

Der Cherif Sidi Nail, einstiger Gouverneur der Landschaft Sus, zweiter Offizier des Sultans Hassan, Marabut und Städtegründer, war Hungers gestorben.

Dem Sidi Nail haben sie später eine prächtige Kubba errichtet und Ayscha, die, selbst noch ein Kind, bei der Geburt eines Sohnes starb, an seiner Seite beerdigt. Auch sonst werden um sein Grabmal nur Kinder begraben, weil sich gezeigt hat, daß seine Erde die Knochen Erwachsener von sich speit, getränkt von der Menschenverachtung dieses Heiligen.

Ayscha wurde die Stammutter des mächtigsten aller Nomadenstämme, die sich stolz Oulad Nail, d. h. Kinder des Nail nennen und zu deren Tradition es gehört, daß die Eltern ihre Töchter in die Städte des Südens führen, damit die Mädchen als Hetären ihren Brautschatz verdienen.

Und es ist, als hätte ihnen allen der Sidi seine übermäßige Sinnlichkeit vererbt, die sie von ihren ersten Schritten an zur Liebe bestimmt und so gewaltig ist, daß sie noch Kinder sind, wenn sie nach tausend Umarmungen in die Wüste zurückkehren.«

Nun ist die ganze Stube mit rauchenden, schwatzenden Oulad Nail gefüllt.

Und das Mädchen mit flinken, in Henna wie Blut getauchten Händen serviert den Café auf dem niedrigen Mosaiktisch. An Hand- und Fußknöcheln klimpern die schweren Silberringe eine sehr verständliche Melodie; böse faucht die Karbidlampe, beblitzt Momente lang den dürftigen Wollusttand: narbige Mauern; Ansichtspostkarten von irgendwo; assyrischer Buntdruck eines schwarzen Pferdes (Der Geist Ifrit – Marque déposée). Bierflaschen (Das Lieblingsgetränk!). Die grün und gelb lackierte Truhe (für ersparten Hochzeitsschatz).

Merin streift einen Ring ab. Das Mädchen lacht silbern. Ihr Mund öffnet sich wie nach einer Erschlaffung.

Der Wächtergreis schließt das Zederntor auf.

Und, indem sie weiterstapfen durch das verstrickte, gepolsterte Dunkel der Siedlung, gelangen sie hinaus an den Ksar- und Oasensaum, zu den gestreiften Feuern, den Bambushütten des Nomadenmarktes.

Es sind die ärmsten Nomaden, hinter ihren Bambusgittern wie in einer Menagerie.

Merin blickt neugierig zu einem hinein, der zurückschreit: »Voyons, jeune homme, qu'est-ce que vous attendez pour ficher le camp!«

»Wie gut er Französisch spricht!« bemerkt Merin erstaunt.

»Ja!« sagt Sindabad. »Wir wollen ihm einige Bohnen abkaufen. Er kann dir die dritte Geschichte erzählen.«

Und nachdem sie dies getan, macht ihnen der Alte Platz und beginnt, mürrisch und höhnisch wie zuvor:

Von Mohammed dem R'umi
oder
Dem Feuer der Pestilenz

»Das Feuer vertreibt das Gift aus den Nerven.«

(Sprichwort der arabischen Medizin)

»Um die Jahrhundertwende saßen einige Künstler in der Closerie des Lilas und tranken Absinth, weniger, weil es ihnen schmeckte, als weil sie einem Mäzen zu imponieren hatten. Einem Hemdenmacher. Aus Lille oder sonstwoher ...

... ›und dann dachte ich mir 'ne Art Oase. Mit Affen vielleicht, die sich Kragen umbinden; ja, das wäre wohl recht drollig. Und außerdem ist meine Frau ganz verrückt nach Exotischem!‹ sagte der Hemdenmacher, denn er bestellte gerade eine Wandmalerei für das Treppenhaus seiner neuen Villa. ›Sie haben doch schon mal so was gesehen, eine Oase, meine ich?‹

›Natürlich!‹

›Ich finde, ein Künstler soll nur malen, was er wirklich kennt. Übrigens ist das in meinem Fache ähnlich. Wie würde ich ein Hemd schneiden, wenn ich nicht wüßte, wie der Körper aussieht? Der weibliche vor allem! Ich gehe sogar bei jedem Pariser Aufenthalt zum Abendakt. Nur darf meine Frau nichts davon erfahren. Wahrscheinlich besitzen Sie eine Menge Studien nackter arabischer Weiber? Ich würde sie Ihnen gerne abkaufen! Für meine wissenschaftliche Sammlung der Hemdenhygiene!‹

Und sie verabschiedeten sich.

›Zum Kotzen!‹ sagte der Maler zu seinem Freund, dem Mystiker. ›Lach nicht! Ich bin im Dalles! Was hättest du denn an meiner Stelle getan?‹

›Ich hätte eine Studienreise nach Ägypten oder Algerien gefordert, du Dummkopf!‹

Bald darauf durchgondelte der Maler das Mittelländische Ultramarin. Er dachte, Algier würde genügen, obwohl er durch Tartarinlektüre gewarnt war. Aber nach wenigen Tagen hatte er die orientalischen ›Trucs‹ satt und nahm seine Apéritif-Existenz wieder auf, höchstens, daß er sich gern einen maurischen Kaffee leistete – dieses überwürzige, schokoladenduftige Gesöff, das in kathedralischen Öfen immerwährend in langgestielten Zinntassen kocht . . .

Er langweilte sich.

Er hatte das Gefühl, in eine Meyerbeer-Aufführung oder einen Rummelplatz der Grande Exposition geraten zu sein.

Aber am Ende seiner ›Studienreise‹, am Vormittag seiner Abfahrt, wie das so immer zu sein pflegt – bereute er, die schöne Zeit vergeudet zu haben. Bekam mit einem Male Heimweh nach diesem Lande; skizzierte, was er konnte: Eukalyptusbäume, gebauschte Hosenröckchen, Mosaikfenster, Handgelenke, Ohrringe, Wasserträger; mit dem Eifer eines Verliebten, der bei der Trennung alle bisher unentdeckten Reize durchprobiert.

Er zeichnete sich bis nach der Colonne Voirol hinauf; am liebsten hätte er Mustaphas auf tintigem Meeresoval ausgesparte Carrés wie ein Abziehbild von der Landschaft abgehäutet.

Ein Kameltrupp trottete Afrika-einwärts. Ein Dampfer schlotete in die Hemdenmacherheimat. Und dieser Zwiespalt intrigierte vollends den Maler. Er hatte sein Handtäschchen bei sich, sein Billett und 55 Francs.

›Was kostet ein Ausflug mit Euch?‹ fragte er den Karawanenführer.

Der beriet sich umständlich mit den andern: ›Zwanzig, Herr! Es ist für drei Wochen . . .‹

Um eine Mitternachtsstunde erblickten sie, unter Willkommengewieher der Kamele, das türkische Fort, von flammenden Fackelzungen umleckt, und erklommen, zerschundene Hintern auf stuckernden Höckern, die Rampe zum Ksar von Bou-Saada, den die Ankunft des Europäers unbegreiflich schnell alarmierte. Scharen von Männern, Kindern, Greisen tauchten geräuschlos auf, denen er die Hand drücken mußte, worauf sie sofort wieder in Finsternis zergingen. Der europäisch gekleidete Wirt, algerischer Jude, leuchtete ihm über die Stiege in eine windige Kammer, die pulsierte von den entnervend feinen Summtönen der Moskitos.

Sobald der Maler allein war, dachte er nur eins: Merde! Bloß zurück! Bloß wieder zurück! Er hatte Sehnsucht nach etwas Licht. Man hatte vergessen, ihm eine Kerze zu geben. Er stieß die Tür auf und stand auf einem flachen Kalkdach, aber vergeblich suchte er eine Treppe oder einen Ausgang. Er blieb die ganze Nacht auf dem Dach, unter sich die Ksarterrasse Dach an Dach, gesetzmäßig wie ein Domino und umwickelt von einem wolligen Palmenshawl, umhegt von fluoreszierenden Berglehnen; erdrosselnde Einsamkeit, wo selten Gebell von Hunden oder Hyänen zerschellte; sichtige Luft: der Himmel so dicht, daß er meinte, in eine Glaskugel eingesperrt zu sein.

Nun war er schon eine Woche da. Aquarellierte täglich

ein bißchen im ausgetrockneten Oued herum, diesem tropischen Korridor mit gefiedertem, buschigem, ginstrigem Tapetenmuster und seiner gekünstelten Kakteenplastik.

Aquarellierte die Weiber, die in den Pfützen, das Gesicht vermummt, aber bis über die feisten Oberschenkel aufgeschürzt, ihren Wäschetanz aufführten.

›Sie haben doch schon mal so was gesehn, eine Oase, meine ich?‹ hatte der Hemdenmäzen gefragt.

Nun sah er so was ... Diese Starre der Palmenwälder; gigantisches Schilf ... Diese Kraterlandschaft eines ausgebrannten Planeten, betäubt von unablässig schrillendem Licht ... Diese käsigen Domizile, aus denen die Weißglut milbige Bevölkerung brütet ...

Auf dem kargen Friedhof drei Mädchen; einzig erfrischendes Kolorit. Beim Henna-Zerpulvern.

Sie kicherten vor seinem Skizzenblock; und stoben davon, als er die paar Linien antuschen wollte.

Er folgte der einen, deren Zähne ihm zugeblitzt hatten. Ohne daß sie sich umwandte, spielte ihr Schreiten eine vollendete Pantomime, illustriert von der grellen Farbenskala ihrer bäurisch-exotischen Tracht. Instrumentiert von dem Geläut der Knöchelkettchen, dem Geklingel der Ohrringe (ein Orchester von Ringen!), dem Getrommel der Holzschuhe auf dem Felssteig. Im Dorf glitt sie rasch in eins der Türlöcher. Umständlich erkundigte er sich nach ihrem Namen.

Es war die Ouled Nail: M'sro-uda ...

Ein Monstrum in des Europäers Kehle; eine Melodie in der arabischen.

Wenn er zum Kaffeetrinken kam, bereiteten ihm ihre Kinderhände das erschlaffendste Lager aus ein paar Teppichen. Mit Chypre begoß sie ihn pitschnaß; verbrauchte Weihrauch, daß er fast ohnmächtig wurde.

Er blieb verlegen vor solcher Unterwürfigkeit, hilflos mit seinen arabischen Brocken; sie aber überschüttete ihn mit einer Flut kehliger Koselaute. Vor das Kohlenbecken gehockt, das sie mit ihrem Bastfächer anfächelte, schnatterte sie ihm lange Geschichten, so lange, daß er sie am Ende zu verstehen meinte.

Er machte nur noch einen Weg: vom Gasthof zu ihr. Sie winkte ihm von weitem mit dem eidottergelben, seidigen Brusttuch, um bei seinem Nahen mit einem klingenden Juchzen in ihren Bau zu huschen. Hatte er sich ausgestreckt, glitt sie zu ihm und rollte sich zusammen.

Nun wohnte er beinahe bei ihr. Und doch hatte er sie nicht berührt, nicht ihre Lippen; sie schienen ihm wie alles imprägniert von einem unbehaglichen Haut-goût der tausend orientalischen Krankheiten.

Obwohl ihr Nebeneinanderlagern ein fortwährendes Sichgeben und Sichnehmen war: ihre jähen Schmeicheleien; die penetranten Parfums; die Wildausdünstung ihrer Haut; die strenge Würze ihres Ambregehänges. Das flatternde Züngeln und das Gefauch aus ihrem scharfen Nagergebiß. Ihre ziegelroten, tierischen Pfoten, die sich elektrisch in sein Nervensystem entluden.

Er hörte, daß eine Karawane nach Algier abginge.

Es sollte der endgültig letzte Abend sein.

Im obskuren Versteck, das der zittrige Schein der gebauchten Karbidlampe trübte, klingelte es von den irrenden Bewegungen der über und über geschmückten M'sro-uda. Sie witterte. Ein Rascheln kam von ihr wie von etwas im Dickicht Lauernden.

Die Kaffeetassen schepperten auf das Goldblechtablett, ohne daß eine Hand sichtbar wurde . . .

M'sro-uda hielt sich verborgen. Hatte eine Zigarette angezündet, die wie ein Irrlicht tanzte. Die Lampe verendete. Durch ein Mauerloch quoll Licht des Nebenzimmers ...

Jählings sprudelten Flötentriller daraus, hohl heulende, kreischend bohrende, immer dringender, bis ihnen im Raume diesseits ein Trällern, refrainartig, antwortete ... Ein Trällern, das sich in unermeßliche Höhen hinaufschraubte, das in Lerchenferne schwebte, minutenlang schwebte und abriß, um in Oktaventiefen zu stürzen.

M'sro-uda sang ...

Sie umkreiste ihn in weitenden, verengenden Rhythmen, immer im Unsichtbaren. Und plötzlich fegte ihr Rock über sein Gesicht; er griff und faßte ihren Leib, über den er sich warf, gierig, wie erlöst aus einer Verlassenheit, wo es umgeht.

Darauf rannte er rasch davon, um den Wirt, um einen europäisch Gekleideten zu sehen. Doch in der Herberge schlief man bereits. Und er saß wieder eine Nacht auf dem Dach in Erwartung des Morgens und der Befreiung, und während er in die Glimmernacht stierte, überkroch ihn eine eisige, sträubende Angst: vor Krankheit, vor irgendeiner tückischen Infektion.

Als er den Wirt bezahlt hatte, reisefertig – kaum noch ein paar Sous besaß er und das Billett – sprang ihm M'sro-uda hinter der Tür entgegen. Sie bemächtigte sich seiner wie eines unanzweifelbaren Besitzes. Sie entwand ihm den Koffer. Sie lief lockend vor ihm her. Eine peinliche Jagd durchs Dorf, der die ernsten Araber interessiert zusahen. Vor ihrem Hause entblößte sie ihre Zähne zu einem Lächeln, einem ehelichen Lächeln, das ihm alle Intimität offenbarte.

Von nun an empfing sie in seiner Gegenwart Besuche. Sie ernährte ihn. Er traute sich nicht mehr heraus.

Es hausten hier im ganzen achtzehn Oulad Nail, zwei Familien und eine Anzahl Ziegen. Der Maler bewohnte die oberste Zelle, die wie alle mit Teppichen, Fächern und einer Truhe orniert war und einigen seiner Zeichnungen. Anfangs pinselte er noch ein wenig, dann faulenzte er nur, je mehr es der lethargischen Sommerglut zuging. Oft, wenn er sich zu Heimatgedanken aufraffte – die Closerie, die Apéritifs, der Hemdenmacher erschienen darin sagenhaft –, humpelte eine abgediente Ouled Nail zu ihm auf Besuch, uralt verhutzelt, obwohl knapp dreißigjährig. Die bewachte wie ein Alpwesen seine Erinnerungen. Der Alp einer unwiderruflichen Weissagung. M'sro-uda war jetzt vierzehn! . . .

Er verdreckte. Sein Parisertum hing ihm in Fetzen am Leibe.

Eines Juni- oder Julitages erscholl die ganze Behausung von Geschäftigkeit. M'sro-uda wie die übrigen Mädchen erschienen nach ausgiebiger Toilette im Paradestaat ihrer gesamten Kostbarkeiten, einer eigentümlichen Reliquieneleganz.

Heftig schwatzend stiegen sie auf die Dachbrüstung und hielten nach Süden Ausschau.

Gegen Mittag weckte Kameltrompeten und barbarisches Gekeif und Kommandieren den Maler.

M'sro-uda warf sich ihm an den Hals und drückte ihm einen Beutel mit Silbermünzen in die Hand:

›Die Eltern holen uns! Du mußt mich ihnen abkaufen! Ich bin deine Frau!‹

Als er nichts erwiderte, zerrte sie ihn in ihre Kammer. Ein blaßblauer Burnus lag da, Gandura, seidener Djedj, grüne Strümpfe und gelbe Schuhe. Mit großer Feierlichkeit kleidete sie ihn an und beklatschte ihn wie ein Kind eine Puppe.

Er hatte die letzte Häutung vollzogen. Er warf sich fünfmal des Tages in den Sand und lallte die Gebete nach, aus Befangenheit erst, dann aus Gewohnheitszwang. Er schoß

Gazellen, spannte Zelte, schlug seine Frau; er, der früher weichliche, sentimentale Montparnassien; er wurde brutal und mißtrauisch bis in den Schlaf . . .

Als sie im Tell lagerten, begegnete er einer französischen Kommission, fremd, als begreife er nichts mehr davon.

Und doch hieß er in seinem Stamme weiter der R'umi, der Christ.

M'sro-uda starb; sie glich schon völlig jener dreißigjährigen Greisin, die ihn überwacht hatte. Er wusch sie und verscharrte sie unter zwei Steinen.

Blieb neben diesem sandigen Nichts von Grabe, während die andern weiterzogen.

Ein paarmal des Jahres kam er nach Bou-Saada zum Nomadenmarkt. Dies war ein Stück des verlorenen Europa für ihn, verloren, weil ein Hemdenmacher eine Oasenlandschaft für sein Treppenhaus benötigt hatte . . .«

»Aber«, fragt Walt Merin, »aber wenn Sie imstande sind, Ihre Existenz so objektiv zu überblicken, was hindert Sie eigentlich, noch heut nach Paris zurückzukehren, Ihre doch sicherlich seltenen Kenntnisse z. B. literarisch zu verwerten, Vortragsabende zu geben . . . ich meine, was hindert Sie, in die europäische Gemeinschaft wieder einzutreten?«

Der alte Nomade öffnet die Kiefer, aber antwortet nicht; dann streift er die Lumpen hoch über gräßlichen Beinstummeln . . . *Lepra*.

Auf der Unterweltsbahn

Und Salsabil ist der Ort, wo die köstliche Quelle fließt . . .

(54. Sure)

Der weiße Wüstenzug, der auf dem Bahnhof von Biskra stationiert ist, steht in einer Reihe mit den Shake-hands des Präsidenten der Vereinigten Staaten, dem Subotnik der Sowjets, den Dancings von Nazareth, den Verstümmelungen indischer Derwische, dem Elend von Inflationsländern auf dem fashionablen Programm dieser unter die Reisegesellschaften aufgeteilten Erde.

Das ist eine jener blanken, hypnotisierenden Parallelen, die eine sonnige Trostlosigkeit durchschneiden wie einen Herzbeklemmungstraum.

Immer die Riesensalzfelder, höllischer Schnee . . . Die Zwergbüsche auf gelbgerippten Sandhäufchen, mit denen die Ewigkeit bepflanzt ist. Überlandstrecken auf der Fahrt zum Jenseits!

Die weißgekleideten Seelenlarven mit Burnusansätzen zu Flügeln klettern, jedes ein Bastkörbchen Nachlaß unter dem Arm, in die weißlackierten Waggonsärge, und mit schmerzlichem Pfeifen setzt sich der Leichenkondukt in ebenmäßiges Dahinrollen durch eine Auflösung, die weder Erde noch Meer ist.

Resignierte, die es hinter sich haben; apathische Himmelsfracht. Ein Graubart vom Orden der weißen Mönche, den Todesschlaf schnarchend, zwirbelt noch in Reflexbewegung den schwarzen Rosenkranz. Ein – fristlos beurlaubter – Beamtenspitzbauch nebst verkniffener Kleinbürgers-Ehehälfte. Gemeinsame Gasvergiftung? Oder Schlagfluß?

»Verzeihen Sie gütigst, woran sind Sie gestorben?« erkundigt sich Walt Merin.

Der Spitzbauch kollert: »Ach du mein Schreck, das ist ein Elend! Dazu hat man nun fünfzig Jahre geschuftet!«

»Beschwer dich doch! Beschwer dich doch!« stichelt die Gattin. »Sei nicht immer so lammfromm! Laß es dir nicht gefallen, daß man dich unter die Schwarzen verschickt! Weißt du nicht, was sie dir alles verheißen haben?«

»Ja, liebe Frau, der Glaube allein machts nicht; was hat man vom Guttun ein ganzes Leben lang, wenn man nachher ins falsche Paradies einsteigt . . .«

Merin strolcht auf die Plattform, etwas Äther schöpfen.

Ein Offizier – stramme Haltung – klappert in Gedenkmedaillen-Garnitur. Bleich vor Enttäuschung über solchen Heldentod; böse Blicke schießen aus seinen Augenkuten nach Walt Merin . . . (In diesem Jenseits-aller-Duelle, wo das Ziel hinter den Waffen liegt!)

Die Räder mahlen durch Knochenmehl, darin die grünen Wolkenoasen schwimmen. Und Schotts, weite Seen des toten Wassers,das keine Welle kräuselt. Äsende Bronthosaurier, ihre Pythonhälse schlängelnd – oder sind es Kamele? –, käuen Pflanzenfossilien und Blütenkerzen aus schierem Fleisch, sogenannten Wüstenspargel.

Abgeschiedene Familien, zu Fuß oder Maulesel, die Männer mit langen Flinten gegen dämonische Überfälle – wieviel Äonen noch bis zur Seligkeit – zigeunern durch das Schattenreich.

Ein Negerengel, gandurabehemdet, klingelt zum Manna-déjeuner im Speisewagen. Heringsfilet, Radieschen, Ziegenfleisch, Datteln: welch frugale Himmelskost.

Walt Merin gegenüber hat ein Europäer Platz genommen; luisant vom ›Fin de siècle‹; assyrischer Blaubart, wie man ihn gar nicht mehr trägt.

Von Zeit zu Zeit schubbert er sich unter dem hohen Stehkragen. Dann wird ein dünner, roter Streifen um den Hals sichtbar. Souvenir an die Guillotine.

Stationen, die nichts als ein Anhalten des Zuges sind; wo selige Marabuts samt ihren Tholba der Himmelfahrt harren.

Einige Ksar, ummauerte Orte der Verdammnis auf Aschehügeln des Fegfeuers; keine Faser eines barmherzigen Grüns. Apokalyptische Reiter auf glutschnaubenden Rossen sprengen heran; geschwürige Greisengesichter pressen sich an den Speisewagenfenstern platt; blinde Negerkinder.

Auch die ausgleichende Gerechtigkeit eines Allerhöchsten scheint nicht ganz einwandfrei sozial und nicht unbestechlich.

Vorgärten des Eden: Palmen-, Lorbeer- und Orangenhaine auf Silbergeäder der Wassergräben.

»Welchen Auserwählten gehört dieser gottbegnadete Boden!«

»Der Société du Sud Algérien, GmbH für Dattelexport, Sitz Algier und Marseille.«

»Sie wurden . . . Sie halten sich schon lange in diesen Regionen auf?« verbessert sich Walt Merin, der merkt, daß man hier wie im Irdischen diskret über das Vorleben hinwegzugleiten hat.

»Immer dieselbe Strecke, mein Herr, aller et retour. Immer zwischen zwei Zügen und Stationen. Einmal, hofft man, werden doch die Schienen weitergelegt sein. Obgleich das gehuppt wie gestorben ist. Und wissen Sie, womit sie einen am meisten foppen? Daß sie Fremde herschicken – Vergnügungsleichen, die solches Gehenna für ein eigens zu ihrem Amusement angelegtes Vergnügungsfeld halten.«

»Darf man fragen, welche Funktionen Sie ausüben?«

»Früher, mein Herr, wollte ich mein Leben für jede Veränderung hergeben; Tag für Tag ins Ministerium, und höchstens mal in den Ferien eine Reise zu lieben Verwandten. Ich bitte Sie, man war verheiratet . . . Ich sehnte mich nach anderen, unbekannteren Bezirken. Ich dachte (heftiges Schubbern am Kragen, daß die rote Linie sichtbar wird), ich dachte, man müßte solcher Existenz einfach die Kehle durch . . . Übrigens geht Sie das einen Dreck an! Warum möchten Sie das überhaupt wissen? Sollten Sie vielleicht Agent etwelcher Seelenfängerei sein?«

Und er beginnt das Messer zu wetzen, während der Negerengel ihm den Käse serviert, von dem er sich heftig ein Hinterviertel absäbelt.

Die arabischen Spektren, die die Weinkaraffen bis auf den letzten Blutstropfen geleert haben, so daß ihrer Häute Café-couleur kupfern erglüht, flattern alle im Nu zur Fensterseite, wo Walt Merin sitzt.

Draußen spülen ungeheure Gewässer ihre Fluten aus dem Uferlosen bis dicht an den Bahnkörper. Felsinseln schwimmen darin, und Palmen spiegeln sich unvermutet.

Und Merin hört mehrfach das Wort Salsabil.

»Salsabil? Was ist das?«

»Quatsch!« schimpft der Blaubart. »Mirages sind es! Abergläubisches Volk faselt noch von Paradiesen. Mit diesen Mätzchen, deren sich jeder Bühneninspizient schämen würde, betrügt man sie um die Ewigkeit. Optische Täuschung! Brechungswinkel! Die ganze Auferstehung ist einfach ein Refraktionsphänomen.«

Und da verfinstert sich die Sonne, das feuchte Gespiegel ist weggewischt von der Gerippedürre, und schwere, stumpfe Bleiplatten schließen sich um den Horizont.

Das Rollen des Zuges poltert ganz fern und ebbt schließlich ab.

Da steigen wie auf Kommando sämtliche Araber aus. Sie klappen zusammen, sie hämmern mit den Schädeln den stäubenden Boden, lassen ihn aus der Rechten in die Linke rieseln und begießen sich damit.

»Waschen sich mit Sand! Wie widersinnig! Welche Verkehrung aller Sinne!« flucht der Blaubart. »Was bedeutet der Fortschritt der Zeit, auf den wir drüben so stolz waren, diesen Wesen, die außerhalb der Zeit sind! Die ihn anhalten, um zu beten. Welch eine Blasphemie! Welch eine Blasphemie: das Streben, das Eifern, das Beglückenwollen, das Vorwärtswollen. Ja, nun sind wir gleich angelangt. Da muß ich auf den nächsten Zug warten, der zurückfährt. Hin und zurück; hin und zurück; tausend Kilometer und keinen Schritt vorwärts. Wir haben es eilig und kommen immer zu spät; und die haben es gar nicht eilig und kommen mitten auf der Strecke zurecht zum Beten! Glückliche Reise, mein Herr! Ich empfehle Ihnen den Gasthof Oasis zum Übernachten; übrigens ist es der einzige. Ruhen Sie sanft!«

Tuggurt! Eine Stadt: Phantasma einer Stadt, die einer Gespensterbrigg gleich in Sandnebeln zieht.

Eine Stadt: ein totes Monument *In memoriam von Lebenden ...*

Eine Pferdebahn: wrackes Gefährt über den Sandacheron vom Bahnhof zu den Mauern ...

Den Königen von Tuggurt

Im Zimmer des Grandhotels zur Oase, dessen Boden Sanddünen wellen, dieser Sand, der einen bis auf die Knochen durchstäubt, begießt Merin mit Essig die Moskitobeule, die in Gestalt einer herrlichen Weintraube über Nacht an seinem Auge gereift ist.

Von draußen kündet sich der Morgen durch das schmerzhaft schlabbernde Geblök der Kamele, die man zum Ssuk antreibt – denn es ist Freitag, Tag des großen Nomadenmarktes –, und das Gestucker einer Kuhlausonate, verübt von einer Amerikanerin, dem einzigen Gaste im kleinen Bambussalon (zwei Meere durchkreuzen, Tausende Kilometer dreier Erdteile zurücklegen, den Atlas und die Saharasteppe, um in Tuggurt sein Klavierpensum zu absolvieren!).

Verärgert schlürft Merin die Salzlauge Tuggurter Kaffees, während sich die Weintraube in ein nervengefasertes Nadelkissen wandelt.

Der Kuhlau schwillt an. Die Disharmonien jucken.

Und Walt Merin fliegt an seinem aufgepumpten Kopfe zur Tür hinaus.

Der vaste Sandplatz der Marktfreiheit vibriert von summsender, brummelnder Brut. Aus den gelben und rosigen Waben, die sich zu Arkaden aufwölben und zwei Turmzapfen zum Himmel recken, aus dem saftigen Gebüschel der Palmerie kraucht und krabbelt die zahllose Insektenheit der Sahara.

Allmählich, wie einer, der sich in die Proportionen einer Ameisengemeinde verguckt hat, beginnt Merin die kribbligen Details zu entziffern.

Der Scharlachweibchen Prozessionen, die zierliche Amphoren schultern; Halbflügge, auf die topfbeladenen Eselrücken grauer Läuseherden prügelnd.

Negerheuschrecken mit zugespitzten, breitkrempigen Strohzylindern . . .

Vorherrschend aber die mehlige Burnuskäfergattung, die sich mit tapsigen Tentakeln lebhaft betrommelt, um Pyramiden von Getreidekörnern herum.

Einige auch neben mannshohen, glitzernden Salzquadern.

Reihenweis andere in Zelten auf verschlepptem Plunder von Tüchern, goldgepreßten Bändern, zu Löffeln ausgebohrten Holzstäbchen . . .

Reihenweis die Schmiede, an schnaufenden, gewaltigen Blasebälgen, bosselnd auf Zwergambossen dolchige, inkrustierte Stacheln . . .

Die Bäckerasseln mit flachen Brotpillen (byzantinische Heiligenscheine).

Und die Lederwürmer und Teppichspinnen und Dattelwespen (der schwarzen Datteln, wie Fliegenkotkugeln).

Die Kamelparasiten; der Medizin-Scarabäus; die märchenerzählende Schnurrengrille.

Walpurgis des Ungeziefers in der Wüste ...

Walt Merins Lidspalten verengen sich und füllen sich mit geschmolzenem, glühätzendem Himmelsblau. Tränen, Gießbäche unnennbaren Juckwehs, entquellen seinen erdbeerartigen Drüsen. Je mehr sich sein Gesicht trübt, um so peinlicher reagiert seine empfindsame Schmetterlingsleiblichkeit, die zwischen Borsten und Widerhaken und Schuppenpanzern hin und her geschubst wird. Das Summen um ihn übersetzt sich in Tastsensationen, daß er es also als Kitzeln spürt.

Eine Schere kneipt sich an seinem Arm fest. Eine hornalte Hornisse mit schwarzen Kiefern, die gefräßig leerkauen, unter einer Schopfkapuze, brummt und bietet ihm einen Napf mit Salbe an.

Merin schleudert ihr ein Geldstück hin.

Die Hornisse plumpst zu Boden.

Merin flüchtet stadteinwärts.

Durch die immerkühlen, labyrinthisch verästelten Tunnels und Kerbgänge dieses menschlichen Termitenbaus, deren Decken mit vielhundertjährigen Palmenstrünken verklaftert sind. Auf den Bänken, längs aus den Mauern geschabt, lagern die kalkigen Puppen, versponnen in beizenden Rauch und die Ahnungslosigkeit embryonaler Lebewesen, während die mörderischen Sandunwetter über ihre Mörtelburg wegfegen. Der Bettler gemergelte Vorderbeinpaare angeln nach Mitleid, und das zirpende Klagen surrt suchend das Gebälk ab.

Wie Merin endlich das lichte Freie erreicht, sieht er vor sich auf einem Hügel abseits – verlassenes Nest, porös durchsiebt von den Schlupfwinkeln neuer Parasiten – das Quartier der Oulad Nail. Seltsam längliche Gerippe ragen heraus; man wird sie mit leuchtrotem Tuch bespannen und auf Kamelbuckel pflanzen, und die verlorenen Kinder werden darin mit ihren bunten Truhen voller Liebesbeute in den Schoß des irrenden Stammes zurückkehren.

Merins Beule ist zu einem brennenden Rüssel aufgequollen und tastet in die Kühle einer gepolsterten Wabe, wo eines Wespenfräuleins beflügelte Bewegungen ihn befächeln. Immerfort verdunkelt sich die Helle draußen, brillierende Facetten funkeln herein und entfliegen.

Als Merin nach der Rocktasche krebst, kullert der Salbennapf heraus und fettet ihm die Fingerspitzen, die ihm unwillkürlich an die Schläfe fahren.

Es zuckt elektrisch, es reißt und puckert, der Rüssel rollt sich ein, der Hautbrand erlischt, die Umwelt schält sich, und an dem kurzbeinigen Tischchen, auf dessen Rund aromatischer Tee in geflochtenen Tassen dampft, kniet eine Oulad Nail.

Prüft durch dichten, gebogenen Wimpernvorhang. Und fragt:

»Es ist weit, wo du herkommst? Hast du eine große Herde?«

»Tausend Stück, wenn ich mich nicht verzählt habe.«

Sie malt sich das einen Augenblick aus; dann, indem sie an ihn herankriecht:

»In dem Hause der R'umis wohnt eine Fremde. Sag, ist sie schön? tanzt sie? duftet sie gut?«

Walt Merin ist erstaunt; erinnert sich an den Kuhlau und erwidert:

»Sie ist weniger schön als du; wie sie riecht, weiß ich nicht. Tanzen habe ich sie nicht sehn. Aber sie macht Musik, daß sich einem das Herz im Leibe umdreht.«

Das Mädchen runzelt ihre Brauen hoch und murmelt:

»Heute nacht sollen sie die Könige besuchen!«

»Was sind das für Könige?«

»Die Könige von Tuggurt! Die mächtigsten Herrscher der

Erde! Jede Fremde gehört ihnen, und ich muß die Ankunft melden. Du wirst mich begleiten, wenn der Muezzin den Sonnenuntergang angekündigt hat.«

»Bist du eifersüchtig?«

Aber darauf antwortet sie nicht; sie lacht stumm mit blanken Zähnen, geht vor die Tür und wiegt sich in ihrem Zeltgerüst, wie ein Kind, das auf dem Sofa Eisenbahn spielt und vom Reisen träumt.

Im Bambussalon des Grandhotels zur Oase kauen mit Walt Merin drei Personen geöltes Ziegenleder: der finstere Garnisonsarzt, der seine Nahrung anatomisch sondiert; der Curé, feist wie ein Balkanpope, trinkt salzfreies Wasser, das ihm einmal wöchentlich aus Biskra herübergeschickt wird; ein plattes Fräulein mit Kräusellöckchen und einem Goldzwicker, der pädagogisch vom Ohre pendelt ...

Der Muezzin klettert die Schneckentreppe des Turmes aufwärts. Er röchelt wie ein Phthisiker, und Speichel rinnt an seinen Bartfäden entlang. Sein Rücken ist so gekrümmt, daß die Brust parallel zur Erde hängt. Und er ist in ungegerbte, steife Häute genietet.

Als er den engen Ausguck betritt, zwischen vier kantigen, niedrigen Pfeilern, spuckt er dreimal mit häßlichem Gekrächz, und dann erhebt er die Stimme, und aus diesem schmierigen Schlunde, diesem lappigen Kranichhalse rauscht ein erhabener Gesang, ein klares, eisiges Orgeln, das die schlafgrauen, narbigen Mauern Tuggurts reinigend beflutet, die silbern dampfenden Dünen streift und die vereinzelten Palmen beugt; und jedesmal, wenn es den Horizont trifft, haucht es Feueratem in den Himmel und tönt ihn mit einem klingenden Rot.

Der Muezzin klappt den fauligen Rachen zu, und alles scheint weithin an Bleichsucht erkrankt; und fröstelt; und Schattenringe legen sich um Stadt und Oase.

Die Ouled Nail und Walt Merin waten unter dem Wall entlang zu den Königsgräbern, gotischen Hundehütten, treibenden Bojen auf der irisierenden Sanddünnung.

Durch eine Vorhofnische, beschneit von der Dämmerung. Dumpfes Gewölbe, Säulendickicht, Geruch nach Veilchen und Verwesung. Von Schaft zu Schaft in Rangordnung ausgerichtete Steinschwellen mit je zwei und je drei pilzförmigen Kegeln bepflanzt.

Das Mädchen kauert sich nieder, daß ihre Röcke aufblühen.

Sie buddelt aus dem Sande zwei Schälchen und entzündet Weihrauch darin.

Placiert sie zwischen den Kegeln, priesterlich; mit dem stachelringbewaffneten Arm deckt sie die Augen.

Zwei Schwaden schwelen kerzengerade empor wie zwei neue Säulen, entfalten Rauchschirme und quirlen durchs Portal.

Und plötzlich zittert die Luft in feinem, ziependem Pfeifen und einem Geflimmer wie von Myriaden mikroskopischer Propeller.

Merin kennt das!

Moskitos! eine Wolke Moskitos, so dicht, als ob eine Wand niederbräche.

Das Mädchen hält ihren Körper eng um den seinen geschlossen, wie aus Furcht oder um ihn zu schützen.

Die Moskitos steigen in die Nacht, raketengleich, in einem eleganten Bogen, der nach dem Grandhotel zur Oase zielt und dort zerplatzt.

Die Könige von Tuggurt, die letzten angestammten Herrscher der Sahara, suchen ihre Beute auf. Fröhliche Hochzeit!

Den hilfreichen Salbentopf stiftet ihnen Walt Merin zum Danke. Der kleinen Priesterin küßt er die boshafte Hand . . .

Im Zimmer des Grandhotels zur Oase begießt Merin am

neuen Morgen seinen armen Schädel, den die Moskitos über Nacht diesmal zu einer Melone aufblähten.

Aus dem Bastsalon schreit der Kuhlau zum Himmel.

Die Könige von Tuggurt haben ihr jungfräuliches Opfer verschmäht. In ihren gotischen Hundehütten schnarchen sie ihren Blutsuff (Merinsches Gewächs) aus.

Und der große, gelbe Wüstenkater blinzelt aus der Sonnenpupille und flöht sich die Fremdlinge aus dem Pelz . . .

Heiliger zu verkaufen

»Guten Tag, Madame Abdlali!«
»Grüezie, Monsieur Merin!
Ein Schälchen Arabischen gefällig?«
Dieses ist
Madame Abdlali;
eine Stupsnase
  ein ergrauter Dutt;
Korallenkreuzlein
Auf dem Liebfrauenbusen, und
bequemlich
  zerlatschte Schnürschuhe:
Aus Sankt Gallen
Ist diese Orientalin
Und waltet rechtschaffen
in ihres reinarabischen
Ehegemahls Laden – Maison d'Art Indigène
zu Biskra – in der Rue Berthe . . .
Antilopenfelle – ausgestopfte Lüchse

Amber, Chypre und rumänisches Rosenöl,
Tuareg-Gift-Dolche, Hand-der-Fatme-Porte-bonheur und kabylisches Email mit Silber und Korallen;
ein lebendiger junger Fuchs in einem Piepmatzkäfig.
Und das Himmelbett der Lieblingsfrau des Sultans von
Marokko,
Mondsteinring vom Finger eines Marabuts von Sidi Okba
und saharischer Kokottengoldschmuck.
Vor dem Eingang, firnishäutig wie ein
Holzessigpräparat,
lehnt der Wächter, der sich in den
Zehen pult und Fliegen fängt.
Dieses ist
der Magasin Abdlali – Maison d'Art Indigène
zu Biskra – in der Rue Berthe ...
Sehr spinöse Badeortstraße,
wo es
am Kasino vorbei,
statt zum Ozean,
»Zur Wüste 7,6 Kilometer« ☛
geht ...
Tearoom,
Muratti – Afterlunch,
Kodaks, Rollfilms und
Gruppenaufnahmen – gleich mitzunehmen –
mit Löwenstaffage,
Persian Rugs; Musulman Art,
Manufacture of Native Morocco Dressing.
Dieses ist
die Rue Berthe,
der große Heerweg zwischen Kleiner
Kabylei und M'zab:
Korridor, durch den alle:

Dramatische Spahis, feinschmiedende Juden, Schlangen-
beschwörer und Dollarbetörer
Alle: Neger, Fremdenjäger und Nomaden die
zum ›Salon der Wüste‹: Biskra
wollen,
müssen . . .
Schmaler Sandteppichläufer
Bunt gemustert
von den gänzlich unpedikürten
Bettlerderwisch – und
Dattelkarawanentreiber- und Kamelzehen und punktiert
von Pneus der Saids- und Kadis- oder Sultansluxus-
limousinen . . .
Frau Abdlali
nickt immer freundlich
kennt die meisten
und taxiert sie alle
unnachsichtlich und peinlich genau . . .
»Ssebah elchir, Madame Abdlali!«
»Et pour vous, mon chèr monsieur!
's ischt ein richer Herr
und Plantagenbesitzer
und die Gattin
ischt ihm durchgebrännt
Avec un officier de la légion . . .«

»Ça va, Madam' Abdlali?«
»Et vous, Madame Wolff?
Lueget nur,
Solchch ausgeschamtes Frauenzimmer,
Tändlersgattin, und fängt sich Kavaliere, Und der Gatte
plündert sie hernach dann aus . . .«

»Kauft Teppiche! echte Mörderstiletts!«
»Emchi!«
»Bracelets, vierzig Franken das Stück!«
»Emchi!«
»Und dies Seidentuch
mit Zauberspruch
Gegen schwarze Pocken!«
»Was soll's koschten?«
»Fünfzehn Franken!«
»Emchi!«
»Zwölf Franken . . . acht . . . vier . . . drei.«
»So! gib her und schau, dasch witerchömmst!
Emchi!«

»Boujou, ma bonne dame!«
»Et, ma p'tite, toujours gaie?
Lueget nur, die schwarzen Äugli
von dem Maidli;
La Reine
Des Zibane hab ich sie getauft,
und ischt die Tochter
von dem Marabut . . .
Vor dri Woche
ischt er gstorbe,
und sie führt
einen unehrbaren Lebenswandel –
Alles
verramscht sie bei uns:
Vaters heilichchen Mondsteinring,
Seine Gandura – seine Sandalen
Seinen Lendenschurz und
Einfach alles . . .
Än unheimlichcher Gsölle!

Immer,
isch er da gsi,
hetts Chrotte, Schlange, und Schkorpione und solchch Teufelszüg
und Streit und Zank
gehabt . . .«

So
passieren vor dieser Wüstenportierfrau
sämtliche Species der antropomorphen
Fauna Nordafrikas
und
jene globetrottenden
In trüber Romantik fischenden Angelsachsen
Cookscher Nation
je nach Rang begrüßt mit einem
Bon jour . . .
Was steht zu Diensten . . .
Und: Emchi!

Allah il Allah
In des Burnusmantels Standartengeflatter
Eintritt Madame Abdlalis Gatte und
Herr der Maison d'Art Indigène
Zu Biskra in der Rue Berthe
Allah il Allah
Und das angejahrte Kind der Schweizer Almen
Und der stolze Steppensohn arabischen Gestüts
tauschen süße
Geschäftsgeheimnisse:
Sie verkaufte einen goldnen Shawl mit Zauberspruch
um fünfzig Franken.
Er

beherrscht dreißig dralle Tänzerinnen der
galanten Gasse
Dreißig Tänzerinnen, die
Im Café Chantant
Ihre Kunst prostituieren . . .
›Eintritt frei! drei Francs Getränke!
Orientlaster – Wollustschauer gratis‹
für jene obgenannten
Im trüben der Romantik fischenden
Angelsachsen!
Charming!

Mohren, Fremde und Kamele
– Weißt du, wieviel Zehen –
gehen – kommen
wüstenwärts – europamüde –
Allah hat sie all gezählet,
Daß Ihm ja auch keines fehlet
Und
wäre
es
selbst
dieser abgefeimte Lump,
der dort angekeucht
kommt unter einer Truhenlast
Und Ben Lachdar heißt,
der große Schiele . . .
»Hundert Franken!«
»Emchi!«
»80! 70! 65 . . .«
»– Vierzig! So! Gib her!«
Und
während die schmutzige Konkurrenz nebenan

lange Neidhälse macht
lädt Ben Lachdar seine Last
im Hinterzimmer
der Maison d'Art Indigène und zählet
– daß ihm ja auch keiner fehlet! –
vierzig Franken
ab
und
das saharisch-schwizerische Ehepaar bestaunt
seinen neuen Kauf
den
erschreckend lebensecht einbalsamierten Leichnam
des Marabuts von Sidi Okba . . .

»Boujou, ma bonne dame!«
»Et, ma p'tite, toujours gaie?
Lueget nur, die giftgen Äugli
von dem Maidli;
Die Hure
des Zibane hab ich sie getauft!«
Also spricht Madam' Abdlali
und
nagelt stolz an ihre Ladentür einen Zettel:
Heiliger zu verkaufen!
zu Biskra
in der Rue Berthe . . .

Zimbeln, Pfeifen, Kürbistrommeln:
ohrentäubend – herzzerreißend
lamentiert die Freudengasse
nasal – bacchantisch,
wo Oulad Nail
in erschreckend lebensechter Wächsernheit

makabren Bauchtanz, Nabel, Mienenspiel
oder sonstwie
Folkloristische Mysterien versunkener Atlantis
Afrikaforscherblicken
zu ermäßigten Tugendpreisen
spielend
enthüllen . . .
Aber,
da der Herr der Bauchtänze,
Maurentingeltangel – Lastercaféкränze
Rückkehrt in seine Maison d'Art Indigène:
Findet er
seine Sankt-gallisch-orientalische Lieblingsfrau
Zwischen äsenden Antilopenfellen
Ausgestopfter Luchse Gebell
Fatmehände-Porte-bonheur-Gestreichel
Chrotten, Schlangen und Schkorpionen
Mondsteinsüchtig im Raritätenspuk
Eines tollgewordenen Inventares und
am nächsten Morgen
geht der Leichnam
des Marabuts von Sidi Okba
zu einem Schleuderpreise
in
den
Besitz
des Misters MacAvoy
aus Kentucky – Überseeprodukte
über . . .
Emchi! . . .

Ferne,
    in der Oase,

teilt mit ihrem Liebsten: Ben Lachdar dem großen
Schielen,
die schöne ›Reine des Zibane‹
der Liebe ganze Seligkeit und die Hälfte
aus dem Erlöse
ihres der Maison d'Art Indigène
Zu Biskra in der Rue Berthe
verramschten
Hochseligen Vaters,
Des Marabuts von Sidi Okba . . .

Das Kamel
und die soziale Frage

Mehr wird die Freiheit vielleicht
Von Tieren denn Menschen mitunter geschätzt!
Dieses Gesetz: wie leicht
Wird es von uns unterschätzt . . .

(Aus einer algerischen Fabel)

Also das Kamel Omar genoß so einen Lokalruhm wie die Hunde von Saint-Bernardin oder der Bergführer Anderl von der Schlernwand.

Das heißt, es war ein Naturtalent für Wüstenritte; Fremde, die es bestiegen, wagten einfach nicht, sich zu fürchten, weder wenn es trabte, sich niederlegte noch wenn es in Sonnenstichatmosphäre dejeunierte (oder, um es weidmannsgerecht auszudrücken: äste); jede seiner Maßnahmen war als unfehlbar anerkannt wie die eines Spezialarztes.

Eine stattliche Erscheinung war Omar; ein Schopf saß ihm auf wie ein Gardemunicipale-Helm; schwarzgelockt seine professorale Mähne; sarkastisch die Lefzen; schürzte es sich auf, den Boden zu wässern, so geschah es mit Grandezza; nur die Hinterbeine spreizten sich; sonst rührte sich kein Muskel, keine Miene.

Wer es entdeckt hatte?

Gewiß nicht Achmed, dies rachitisch geschweifte, stupide Subjekt, als er es für hundert Friedensfrancs erstand – in Südalgier geht der Kamelpreis dem Kaufpreis der Frauen konform.

Aber die Menschheit, in ihrem unbändigen Drang nach Autorität, schmeißt mit ihrer Bewunderung äußerst ziellos um sich; man vergleiche die Raphaelische Madonna in Dresden, Vossens Luise, das Rütli, die Theosophie und Nestlé's Kindermehl.

Omars Platz war natürlich vor dem Hotel Transatlantique, diesem Oasenjahrmarkt, wo man alles verhökert, was von einem besseren Orient verlangt werden kann: arabische Vollblüter für Nichtreiter, Landauer zum nächsten Marabut, Liebeszauber, Camping in the deserts mit Warmwasser und Sprungfedermatratzen, importierte Buddhas und Lotterielose zum Bau eines Missionshauses am oberen Kongo.

Es gab dort ca. fünfzig Kamele, ungerechnet die Autodroschken, die übrigens ernüchternd stilwidrig wirkten – man trägt doch auch nicht Pantoffeln zum Tropenhelm! –, und zu den Kamelen gehörten eine Reihe Kamelkälbchen, die beim Trinkgeldregeln an die Sentimentalität zu appellieren hatten, und die Photographen – denn es ist schließlich kein Vergnügen, auf einem Kamel zu sitzen, sondern eine Erinnerung.

Omar hatte man überdies einen mohnroten, ballonartigen Baldachin aufgeschnallt, wie ihn die arabischen Hochzeiter benutzen; und damit segelte er immer zur Dünenwüste, die rechts vom Bahnkörper nach Tuggurt liegt und etwas aufgeschippt aussieht. Der Cafétier, der sie bewirtschaftete, pflegte zu sagen: »Sie ist ja man ein bißchen dürftig geraten, aber wenn Sie sich bücken, macht das einen ganz imposanten Eindruck!«

Walt Merin trank eine Orangeade in der Wüstenwirtschaft zusammen mit einem manierlich gekleideten Herrn, einem jener jungen Männer von 1926, sympathisch, mit gesunden Ideen, der sich sehr wohlwollend über Gott, Kunst und Soziales aussprach und sehr gefestigte Meinungen, unabhängig vom Erdteil, einschmuggelte, die er so behend auspackte, daß man sie gar nicht nachprüfen konnte. Etwa in dem Stil:

»Phantastische Aussicht, was? Typisches Wüstenprofil! Wenn ich Maler wäre, würde ich nur so eben mit dem Spachtel ... Erinnert mich an Whistler, finden Sie nicht? Allerdings, der hat ja mehr verschwommen gemalt. Es gibt da eine ausgezeichnete Anekdote von ihm; ich habe sie in ›Vanity Fair‹ gelesen. Aber man muß sie im Slang erzählen ... Garçon, une fine! bien sûr, à l'eau!! Was denken Sie, was die Leute hier für einen täglichen Umsatz haben? Rechnen wir mit einem durchschnittlichen Besuch von hundert Personen, und zwar zumeist Amerikanern, die Alkoholika konsumieren ... Übrigens macht man sich über die Prohibition völlig verkehrte Vorstellungen, wenn man sie nicht an Ort und Stelle studiert hat wie ich. Ford hat durch die Statistiken seiner Alkoholversuchsstation für Akkordarbeiter nachgewiesen, daß die Frequenz der vasomotorischen Zentren kongruent dem Verbrauch ... tja ... wovon sprachen wir doch gleich? Richtig, ich wollte sagen, daß bei jeder Abstinenz, sei sie nun psychischer oder somatischer Natur, keineswegs hygienische Prinzipien zu suchen sind. Z. B. entspringt der antialkoholische Furor im Islamkulte der Impotenzphobie eines geschlechtlich überbetonten Mattoiden – denn schließlich war ja der Apostel von Mekka nichts anderes. Glauben Sie mir: verschämter Fetischismus: das sind alle monotheistischen Lehren; daher die ganzen Martyriologien. Der Mensch empfindet auch religiös polygam. Jedes neue Objekt der Verehrung bringt die Währung seines Ichs zum Steigen. Sehen Sie sich etwa die

Bagage an, die da geritten kommt! Das klettert auf Kamele, um sich von ihnen den Abglanz der Besonderheit zu leihen. Da haben Sie das Wesen der Reklame: Atavismus des Götzenkults. Alles können Sie zum lieben Gott ernennen: Rasierklingen, Negerkunst und, wenn's Ihnen Spaß macht, Kamele . . .«

Für eine Oase hat Biskra ein respektables Nachtleben. Sobald das pompöse Sonnenfinale verrauscht ist – endigend wie eine antike Tragödie in Strömen von Blut –, bevölkern sich die beiden Liebesgettos – Nest an Nest die schnörklig geschnitzten Balkons der Kolibriweibchen in Seiden- und Goldgefieder –, Hafenprostitution am Ozean des Sandes, wo die Feuer der draußen ankernden Nomaden herüberleuchten.

Es gibt das Kasino, in maurischem Rivierastil, mit Roulette, Cinéma und dem tschechischen Geigenvirtuosen; Rendezvous der französischen Beamten- und der standesgemäßen arabischen Bourgeoisie.

Es gibt die Fêtes arabes, die Cafés maures: sie erinnern an Bouillonkeller mit ihrer Lampion- und Fähnchenbeflaggung; verqualmt wie ein Dampfbad; und Gequiek und Gekreisch eines höllischen Eingeborenenorchesters, das die Trommelfelle striemt – das Podium garniert mit lebensgroßen Stoffpuppen: den Tänzerinnen; eine nach der andern steigen sie gelangweilt herunter, lassen den Kopf ein Solo steppen und danach ihren Leib einen Cancan wirbeln, während der übrige Körper in fanatischer Uninteressiertheit verharrt. Danach produzieren sich die Frauenimitatoren, übertrieben geputzt, aber frappant in der Schlaffheit des Kokettierens; und schließlich die Duettsänger saharischer Schäferlieder, synagogal dumpfe Zwiesprache zum Kontrapunkt der Einsamkeit.

Trotz dieses mannigfaltigen Amusements orientalischokzidentaler Mischung war die bessere Gesellschaft dem charmanten jungen Mann für das Schauspiel eines verhätschelten Kamels äußerst dankbar.

»Sie ahnen gar nicht, welche Bezirke sich da auftun!« redete der Charmante Herr Merin an und pfiff seinem Omar, der gerade einen Haufen Kalkziegel beknabberte. »Die Tierseele ist psychoanalytisches Neuland! Kürzlich, als wir nach dem Dinner in der Hall saßen – wir sprachen von den Verwicklungen in Marokko, und der Attaché vom Auswärtigen in Paris nannte den Islam eine religiöse Demokratie, während die Russin behauptete, Mohammed wäre von einem gläubigen Nihilismus besessen gewesen, dessen nur die slawische Seele fähig sei. Und dann kam es zu einer erregten Auseinandersetzung, weil sich der Vertreter von White Label zu der Bemerkung hinreißen ließ, die Franzosen trieben eine sträfliche Kolonialpolitik, und ein Volk wie die Araber könne man nur regieren, wenn man sie in dauerndem Rauschzustand hielte. Hier schaltete ich ein, daß die Traumwelt unser animalisches Erbteil wäre und der Instinkt der Tiere nichts weiter . . . Ja, und da bemerkte ich, wie die Anwesenden, statt mir zuzuhören, peinlich berührt nach der Tür blickten. In der Tür stand Omar, traurig und etwas schockiert; Omar fühlte, daß ich ihn verleugnen wolle; daß ich ihn für nicht gesellschaftsfähig erachtete. Er wippte ein paarmal mit dem Kopf, spitzte wie zwei Finger verlangend seine gespaltene Oberlippe nach mir, und dann drehte er bei und verschwand. Ich bin ihm gleich nach und habe ihn gesucht. Eine Nacht lang suchte ich nach dem Kamel. Ich fand es weit draußen, im ausgetrockneten Oued, dem Vollmond allerhand Reverenzen und Kratzfüße machen. Welche Symbolik des Unbewußten; Omar ist mein Lehrmeister geworden. Besuchen Sie uns doch mal! Übrigens wohne ich nicht mehr im ›Transat‹. Ich hatte mit dem Direktor Differenzen.«

Mit großen Lettern affichierte der Charmante im Saal des Kasinos eine

Conférence avec un chameau.

Während seiner geistreichen Erläuterungen über die Beziehungen der Tier- und Neurotikerkomplexe weilte Omar ihm zur Seite und wurde stürmisch beklatscht.

Und das ›Journal de Biskra‹ meldete unter der Rubrik: Dans le monde: »Bei dem letzten Empfang, den der Caid zu Ehren einer diplomatischen Persönlichkeit gab, war auch ein Kamel officiell geladen. Es handelt sich um den oftcitierten Omar, der von der Damenwelt gefeiert wird, wie sonst nur Boxer oder Tenöre. Allgemeines Entzücken erregte es, mit welch chevaleresker Art er aus der Hand der reizenden Yvonne S. von der Opéra Marseille den Tee entgegennahm, denn er begnügte sich nicht allein, den Inhalt zu schlürfen, sondern verleibte sich das Porzellan restlos ein.«

So beherrschte Omar die Creme von Biskra, als eine jener schnöden Salonintrigen, die zu den Berufskrankheiten der Modefavoriten gehören, seiner Karriere ein Ende bereitete.

Achmed, dies Ekel, hatte für das an Omar erschobene Kapital ein Mehari erstanden.

Ein Mehari verhält sich zu einem Kamel wie ein Derbysieger zu einem Brabanter Lastgaul, wie eine Packardlimousine zu einer Dampfwalze. Es ist weiß, schneeweiß wie der Vollbart des Vaters Abraham, es tanzt wie eine Gazelle und legt am Tage zweihundert Kilometer zurück.

Omars schöne Seele verblaßte vor der Eleganz dieses Snobs unter den nordafrikanischen Haustieren.

Der Gipfel des Chics war es, auf einem Mehari zum Picknick an den Häuptlingsgräbern der Oulad Mulak zu galoppieren.

Gebrochenen Herzens und heimlich verduftete der Manager Omars.

Nach dreiwöchigem Hungern stellte sich das arme Kamel an der Stätte seiner früheren Tätigkeit in Reih und Glied; es wartete, bis der ruppigste Maulesel und die marodeste Fordkarre wegengagiert waren.

Dann trabte es, rührendes Sinnbild eines Angebots ohne Nachfrage, die gewohnte Route seines Repertoirs ab, fraß ein Haarbüschelchen von einem schlummernden Negersäugling, knusperte etwas römische Ruine in Altbiskra; indes, da es zu den Dünen gelangte, schnauzte es der Wirt mit unfairen Beschimpfungen an und verbat sich, daß ihm solch ein Rhinozeros von Kamel die frisch geharkte Wüste zertrampele.

Am Abend drang es zum allgemeinen Entsetzen ins Kasino und postierte sich auf dem Podium; tosendes Raus-mit-ihm! war die Antwort; Omar wurde ausgepfiffen wie nur je ein stellungsloser Star überholter Klassik.

Von nun an entwickelte es sich zur Landplage.

Irgendwie war in seinem kläglichen Kamelsgehirn der Plan aufgedämmert, die Beschäftigungen der Menschen nachzuahmen, um sich sein bißchen Fressen zu verdienen.

Es hatte in die menschliche Gesellschaftsordnung hineingerochen, von ihrer Mechanik hingegen hatte es keinen Dunst.

Z. B. erschien es einmal auf dem Kasernenhof der farbigen Truppen und versuchte, beim Exerzieren als Flügelmann unterzuschlüpfen, wahrscheinlich in dem Glauben, daß das eine sehr erhabene, gewinnbringende Tätigkeit sei.

Doch der cholerische Colonel, der solch Gehaben für Verspottung militärischer Institutionen hielt, ließ das unvorschriftsmäßig gekleidete Geschöpf zur Oase hinausprügeln. Hierauf blieb es einige Zeit verschollen.

Da, eines Morgens, alarmierten verstörte Nomaden, Hals über Kopf zur Oase stürmend, die Wache, daß ein Regiment Kamele im Anmarsch auf Biskra sei.

Wie ein Schwarm Elstern aus der Gotik flatterte das arabische Volk aus seinen Löchern hervor, Verwünschungen gegen sämtliche R'umis ausstoßend. Vom Dach des ›Transat‹, das die Gäste, bis an die Zähne mit Krimstechern und Kodaks bewaffnet, besetzt hatten, konnte man deutlich die Staubtrombe sehen, in deren Schutz der Feind nahte. Ein erfahrener Professional-Jäger erklärte nach geübtem Visieren, daß es sich in der Hauptsache um Eingänger, d. h. monomanisch gewordene, aus der Herde ausgetretene Viecher (Dissidentenkamele) handele, die der Parole des rebellischen Omar gefolgt seien.

Stracks rückte, lebhaft begrüßt, ein Trupp Farbiger zum Kampfe aus.

Der cholerische Colonel, in Furcht vor inneren Unruhen, konzentrierte sein besonderes Augenmerk auf das ortsansässige Getier; denn schon übertrug der Wind abgerissene Laute schauerlichen Brüllens und weckte bedrohliche Erregtheit in den Stallungen.

Patrouillen berichteten: Die Rebellen hielten an der Kubbah des Sidi Sersur, ihre Schnüffel sternförmig gegeneinandergerichtet; etwa dreihundet Mann wären sie stark, und es befänden sich bei ihnen ein alter Gazellenbock, eine hüftlahme Hyäne und mehrere greise Maulesel.

Der Colonel setzte eine Prämie auf Omars Haupt; im übrigen war er für Ermüdungstaktik, während die andern Herren seines Stabes Flankenangriff forderten.

Aber noch ehe man sich geeinigt hatte, erfaßte die Insubordination eine einheimische Kamelstaffel; revoltierer scholl ihr Kampfgruß zu den Genossen im Felde, die aufb chend ihre Ohren muschelten und die Hufe feuerten.

In dieser höchsten Not erstand der unerwartete Retter; verschlafen, mit verachtungsgekurvten Lippen tänzelte das Mehari, Achmeds Mehari, vorbei, rechts ab zum Bahnhof, den ganzen Klumpen tiefbeschämter, tiefgedemütigter Arbeitskameraden hinter sich her lenkend, und erledigte also mit vorbildlicher Geste jede Ausrede flauen Zauderns.

Schon nach einer knappen Stunde kehrten im Triumph die Sieger vom Oued Biskra heim; palmenschwingend eilten ihnen verzückte Ladies entgegen.

Omar wurde lebendig eingebracht und standrechtlich erschossen.

Scheußlich, diese verantwortungslos charmanten Herren mit ihrer Neuerungssucht.

Diesem hier konnte ein braves, biederes Mehari Zurückhaltung beibringen.

Walt Merin errichtete drei Steine für Omar, dessen beflügelter Astralhöcker nun wohl die Dattelhaine überkreiste.

Denn eher kommt ein Kamel in den Himmel, als daß ein Reicher durch ein Nadelöhr ginge!

Fantasia

Das Festkomitee tagt.

Ungewöhnlich erregte Sitzung: das Programm für die diesjährigen Rennen in Biskra. Sorgfältigste Strategie ist geboten angesichts der diesmal zu erwartenden Verstärkung des Fremdenverkehrs, da durch den Aufstand der Riffbrüder Marokkos Konkurrenz ausgeschaltet wurde.

Präsidiert vom Advokaten Ben Djamal; seine hundertachtzigpfündige Gutmütigkeit, die in silbergrauen, pausbäckigen Pluderhosen steckt, sein seidiger Donnerwetter-Schnauzbart geben ihm das Aussehen eines Paschas im zweiten Akt einer Wiener Operette.

Erster Punkt! Der Direktor des ›Transatlantic‹-Hotels beantragt die Ausmerzung der Falkenjagd; solche Tierquälerei – wenn der Falke herabstößt und seine Fänge in den Kopf der Gazelle vergräbt – sei geeignet, die Gäste zu chokieren.

Der Dattelhändler protestiert: Die Rennen seien für die Araber und nicht für die Fremden da! Und wenn er nach

London oder Paris komme, kritisiere er ja auch nicht die Gebräuche der dortigen Eingeborenen.

Der Advokat vermittelt. Die Gazellen sind durch Kaninchen zu ersetzen.

Zweiter Punkt! Die Auswahl der Prostituierten (auf dem Programm: Sibanische Geishas genannt). Hat einen schweren Rangstreit zur Folge. Der Transat-Direktor behauptet, daß er sich besser auf den Geschmack seiner Klienten verstünde. Der Kunsthändler Abdlali behauptet, daß der Direktor ein Dilettant sei und ein Berbermädchen nicht von einer Jüdin unterscheiden könne.

Der Advokat vermittelt. Beschluß: Die Mädchen sind in corpore abzukommandieren.

Dritter Punkt! Beteiligung der Firma Cook. Der Direktor verbreitet sich in einer längeren Rede über die Verdienste des Hauses Cook um Frankreich insgesamt und den Islam im besonderen, einer Firma, die bereits in der Mitte des vorigen Jahrhunderts die heiligen Mekkafahrten zu allgemeiner Befriedigung arrangiert habe.

Sämtliche Araber protestieren.

Der Advokat vermittelt. Beschluß: Die Firma Cook wird beteiligt unter der Bedingung, daß der Verbrauch an Datteln beim Delegierten Dattelhändler gedeckt wird und eine Besichtigung des Kunstsalons Abdlali obligatorisch ist.

Das Programm des ersten Tages zeigt also folgendes Programm:

FEST VON BISKRA
unter dem
Ehrenvorsitz
des
M. le Caid von Biskra
und
Mitwirkung der Spahitruppen sowie erster einheimischer Tänzer und Künstler.

8h Ankunft der Mehara (Rennen Tuggurt–Biskra über 220 Kilometer).
9h40 Lunch zu Ehren des Siegers im Palaste des Herrn Caids.
10h Umzug der Goums (Milice indigène).
11h Empfang und Ansprache an die Ehrengäste aus Algier.

Nachmittag auf dem Rennplatz:

2h Parade der Spahis und Goums.
2h30 Pferde- und Kamelrennen. Preise von insgesamt 50000 Francs.
4h Falkenjagd (veranstaltet von den Falkenieren des Herrn Caids von Biskra und Cherifs Sidi Sliman).
4h30 Große mozabitische Fantasia. (Beispiellose Szenen jener Wildheit, die noch vor einem Menschenalter soviel Opfer unserer kühnen Forscher forderte, leben in diesen Reiterspielen auf!)

Abends:

9h Ball im Casino. Bauchtanz der Original Oulad Nail. Duette und Ensembles arabischer Meistersänger. Heitere Vorträge. – Verlosung.

Schützenmusik und lokalpatriotische Exaltiertheit . . .
Aus den fernsten Oasen und dem dunkelsten Europa.

Paschas und Cherifs und Caids, kaffeebraun bis zum intensivsten Mohrenschwarz, in aller Prachtentfaltung an Seide und Gold und mit Zeissschen Krimstechern. Cookrudel, companieweise Ergötzung in Freudenhäusern . . .

Das Negerdorf: Farbengekreisch flanellener Papageienweibchen . . .

Flaggen von zwanzig Kulturstaaten und der verschiedensten Sekten; Galoppaden waffenwirbelnder Spahis; Karambolage von 18 CV-Renaults und scheuen Kamelen.

Zu Kremser, zu Maultier, zu Fuß: So strömt es hinaus in das flammende Gelb der Steppe, in die Naturarena des biskuitenen Sibangebirges.

Die Reichen auf die Tribünen; die Armen auf die Felsen: dort blühen sie zwischen den Kanten und Furchen gleich Blumenbuketts.

Offiziere mit schneidigen Rohrstöckchen improvisieren dem Publikum Flirtszenen mit arabischen Partnerinnen.

Mondänes Gespreiz um einen echten Sultan . . .

Am Sattelplatz sind die Oulad Nail in ansteigendem Carré zur Schau gestellt wie eine Konfektschachtel in bunten Papierrüschen . . .

Die Goums, Pferd und Reiter, sind nicht mehr zu zügeln! Sie betrommeln centaurenhaft die Bahn.

Die Fanfaren setzen an . . .

Aber kein Ton wird hörbar! Der Tumult erfriert in der prallsten Sonnenglut.

Die ganze Front der Köpfe klappt nach der Oase um!

Die Oase raucht von Sand. Der Palmenwald teilt sich elastisch, und ein Sandungeheuer stampft auf gespenstischen Extremitäten heran, unartikulierte Orkanschreie ausstoßend.

Die Sonne entrollt . . .

Knisternde Gase ersticken die Luft . . .

Wie eine geschlagene Armee landet das Rennpublikum in der schützenden Stadt. Voran die arabischen Soldaten, von unbefriedigter Kampflust geil, böllern auf ihre Pauken und feuern, beim Abschuß hochspringend, die Flinten gegen die Pflastersteine ab, daß die Fensterscheiben zerspringen.

Das Unwetter verebbt . . .

Aber aus dem Dachstuhl des ›Transatlantic‹ qualmt unaufhörlich dicker Sandrauch.

Von Mund zu Mund springt die Kunde: Das Haus der R'umis ist verhext! Wer hat den blauen Schetan entfesselt?

Die Araber haben nach dem Ortszauberer geschickt; er erscheint in einer Suite hagerer Jünglinge und schreitet durch das Spalier, das ihm die Neugierigen ehrfürchtig öffneten, einen langen Dolch in der Hand, dessen Spitze wider das Phänomen gerichtet ist.

Bleich und still dämmert das Geisterhotel aus den Tiefen der Palmenumwaldung; die Abendsonne entzündet die Fenster; mit fanatischem Armschlenkern beginnt der Zauberer seine Zeremonie.

Da bewegt sich etwas in der Hall, alle Blicke und Kodaklinsen an sich ziehend; es scheint hin und her zu irren, es scheint sich zu wehren gegen die immer bannenderen Formeln; es kommt an die Schwelle; ans Licht. Es trägt einen Spazierstock unter dem Arm und eine Reisemütze auf dem Kopfe.

Und es ist der Mister MacAvoy (Kentucky).

Sieht sich um.

Schreitet über den Vorgarten, während die Menge zurückweicht. Schreitet auf einen Offizier zu, klopft ihm auf die Schulter und spricht, vorsichtig Wort an Wort leimend:

»Ich habe geschlafen in mein Chambre. Und man hat mir gestohlen meine tote Leiche, die ich habe gekauft für

25 Dollar als Souvenir. Wollen Sie das bitte Ihrem Chef zu kennen machen!«

Allen Militärposten wird folgendes Telegramm gesandt: *Toter Marabut flüchtig stop verdächtig der Sandstiftung in hiesigem Hotel Signalement trägt die Augen geschlossen und Preiszettel an linker großer Zehe*

Am nächsten Morgen trafen die ersten Nachrichten ein:

Mysteriöser Vorfall beim Algierer Fasching.

Gerade, als die Karnevalsstimmung ihren Höhepunkt erreichte und Hunderte von Pierrots und Dominos die Kolonnaden von Bab El Azoun bevölkerten, zeigte sich im Festzug ein führerloses Automobil, das mit lebenden Schlangen und arabischen Aufschriften garniert war, die ungefähr: Schmeißt die Fremden raus! lauteten. Auf dem Rücksitz saß aufrecht ein anscheinend toter Araber. Beim Einschreiten der Polizei steuerte das Automobil hafenwärts, überfuhr die Mole in unerlaubter Geschwindigkeit und verschwand in der See.

Marseille: Toter Marabut gesichtet. Nährt sich von Bouillabaisse.

Monte Carlo: Ein orientalisch gekleideter Mann drang, obwohl auf das Ungehörige seiner Kleidung aufmerksam gemacht, in den Spielsaal und sprengte dreimal kurz hintereinander die Bank.

Mekka: Toter Marabut terrorisiert die Stadt. Gründet mohammedanische Reisegesellschaft zur Besichtigung Europas. Hat großen Zulauf. Ist angeblich verkleideter, geschminkter Europäer namens Walt Merin.

London: An der Tower Bridge legte heute ein Überseedampfer mit dreitausend Arabern an, die unter Führung eines schlafwandelnden Individuums an Land stiegen. Benahmen sich unfair, überfielen unter anderm den Wagen des Premiers und belästigten durch Betasten darin befindliche Minister. Asquith unbeschädigt. Große Empörung!

Das letzte, was von dem toten Marabut bekannt wurde, war:

Fundstelle des Berliner Polizeipräsidiums: *Eine guterhaltene Leiche mit semitischen Rassemerkmalen* wurde im Gepäcknetz eines Vorortzuges zwischen Potsdam und Eichkamp entdeckt. Interessenten wollen sich unter Beibringung von Ausweisen im Zimmer 318 IIb melden.

Zwischen Kentucky und Biskra schwebt ein Betrugsverfahren Mister MacAvoy contra Abdlali und Genossen.

Hoch auf der Spitze eines Felsenkegels, umbrandet von der Wildnis des Sognefjords, feilt Walt Merin an seiner

Leichtfaßlichen Einführung
in die
Sitten und Institutionen
der
Eingeborenen Europas
zum
Gebrauch für M'dares und arabische Mittelschulen.

Drunten bei Gudvangen taucht die kleine Svava, umplätschert von zwei silbergesprenkelten Seehündchen, und der Riese von Jötunheim hebt den Arm an, aber da es 537 Jahre dauert, bis er ihn ganz gehoben hat, müssen wir abwarten, ob er das Menschengewürm zerschmettern oder sich bloß krabbeln will . . .

Westnordwestviertelwest
oder
über die Technik des Seereisens

A land that is lonelier than ruin;
A sea that is stranger than death;
Far fields that a rose never blew in,
Wan waste where the winds lack breath;
Waste endless and boundless and flowerless
But of marsh – blossoms fruitless as free
Where earth lies exhausted, as powerless
To strive with the sea.

(Swinburne: By the North Sea)

Warum er gen England fuhr ...

Damals traf man Walt Merin über ein Geländer gebeugt, sehr aufmerksam den Inhalt eines Fleetes studierend, jener Hamburger Gräben, die man romantisch nennt, weil man in diesen Komplex von rostbraunem Fachwerk, Patina der Nikolaikirche und einem verschossen bläulichen Läppchen Himmel wie in eine Sackgasse der guten alten Zeit, atlasgepanzerter Großmütter und würdegesteifter Patrizieronkels gerät, in die Vorstellungswelt irgendeines überflüssigen Jahrhunderts, zu dem wir uns durch erbliche Belastung hingezogen fühlen.

Zunächst lag da in fauligem Moraste eine gedunsene Matratze mit äußerst skandalösen, aber sehr unwichtigen Memoiren, ein Viertel Fahrrad, eine Pulle weiland Porter, ein defektes Motorrad und ein klobiger, gänzlich ausgeweideter Kahnrumpf mit einer Tafel – Punt staunend billig, Nähres hihr –, der aussah, als preise eine veterane Freudendame ihre wracken Reize.

Leute, die sich mit solchem Gerümpel abgeben, heißen Fleetenkieker, und das ist genausogut ein Amt oder Trick wie Papst sein oder Konstabler oder Lyriker. Aber Merin gehörte weder zu dieser noch sonst einer Kategorie, betrieb vielmehr als einzigen Beruf, sich in Hamburg zu befinden. Deshalb kam jetzt Nummer zwei ran: Schaufenster überseeischen Ramsches. Drei Zaunpfähle (Wurfspieße der Tecunas), eine Porzellanvase (wohl aus Valparaiso), ein Unteroffiziersseitengewehr (Mitteldeutschland), ein Caiman (nebenan im Fleet gefangen), eine bemalte Priemdose (›The shore of Northumberland‹) und andere Endergebnisse alter Kulturen, deren höchste Aufgabe es ist, ein Heim zu schmücken, wo es nach Sauerkohl riecht. Übrigens waren alle Gegenstände, selbst die malayischen Kris und die lebende Riesenschildkröte, aus dem gleichen Material, aus fingerdickem Staub gebacken.

Nummer drei: der Hafen. Eine Gesellschaft verankerter Schleppdampfer schlenkerte im Geglitzer, wiegte die Schlote, als sagten sie sich was ins Ohr, und schnatterte mit den Wellen. Plötzlich stieß der Jüngste einen tiefen Seufzer aus, schüttelte sich und fuhr davon. Am Steg davor wuschen sich Arbeiter, und einer, halbnackt, schnellte ins Wasser, tauchte, stieg ans Land und wiederholte das so oft, bis er endlich mit einem Schilling zum Vorschein kam, den er verloren hatte.

Als Merin zum Fleet zurückkehrte, hatte die Flut den Morast beschwemmt, die Kähne trieben flott, und man wußte nicht, wie . . . bemannt, zwei Schiffer hielten Merins Warte besetzt und unterhielten sich in bedächtigen Intervallen, indem sie hinter jedes Wort einen Punkt spuckten.

»Hüt abend geiht dat los!« sagte der eine . . .

»Wohin dann? . . .«

»Newcastle!«

Merin war zeichengläubig: die Pulle Porter, Northumberländer Priemdose, Schillingtaucher, Newcastle: viermal hatte sich England gemeldet! Er enterte die Tram nach Mundsburg, um seine Handtasche klarzumachen.

Er hatte also nur noch einen Nachmittag und einen Abend und verteilte die auf die beiden Hamburgs; es gibt nämlich zwei: Alster-Hamburg und Hafen-Hamburg. Rings um die Alsterflächen mit ihren unzähligen Kanalsträhnen, in immerfeuchten Alleen, ständig erfüllt von grünsaftigem Zwielicht sommers und nebelverwaschenem winters siedelt eine Bourgeoisie, die beim Versuch, zu anglisieren, in ihren Phantasien anämisch und ungelenk wurde. Aus Anpassung werden *mußte*, um der Ansaugkraft eines solchen Hafens zu widerstehen, der eine weniger verdorrte Gemeinde volksleer gepumpt hätte. So beschränkte sich diese Sippschaft brav auf ihr inzüchtiges Alstersystem und die Punts, aus Britannien importierte Flachboote mit Häkeldeckchen, Kaffeeklatsch und Nippesfiguren, auf einen Wassersport, der zur Guten-Stuben-Spielerei für Ehefrauen und die reifere Jugend bearbeitet war, während die Männer in muffigem office des Hafenviertels zwischen Leder- und Wollspeichern ihre Großkaufmannssucht befriedigen. Nirgends in Deutschland sonst ankert so fest behäbiges Patriarchentum trotz einer gefährlichst proletarischen Windecke.

Der Abend verdichtete die erschlaffenden Treibhausparfums, in denen fast südliche Illuminierung der Ufer schwamm und nach Familien kalligraphisch etikettierte Neigungen gediehen. Hier lebte man Erster Kajüte, aber da unten randalierte das gemiedene Zwischendeck, das Schiffsvolk der Reeperbahn, wo sich all der unvermeidliche Schmutz und die Verworfenheit ablagern, die der besseren Gesellschaft ermöglichen, Moral und Kleidung sauberzuhalten. Ein veritabler Boulevard exterieur, eingefaßt in elektrisches Simili der Kaffeeklappen, Alehouses und Geneverabteien, der Menschenfleischereien und Patschulikapellen. Trupps, geographisch gesondert, schlingerten, unsicher auf festem Boden, jede Schiffsbewegung nach zu den obskuren Ecken, wo die Weiber auf Fang horsteten, oder flossen in die Reusen eines Hippodroms ab. In einem tintenschwarzen Winkel der Chinesengasse, lautlos, prügelten sich Neger und Halfcaste; fünf Mexikaner unter enormen Huttellern, in breit ausbeutelnden Hosen standen eng gedrängt dabei und begafften als Sensation einen bürgerlich Gekleideten, der, eine Handtasche schwingend, gedankenvoll pfeifend hafenwärts passierte.

Es war Walt Merin, und sobald er sich auf der Dachterrasse des Landungsbrückenrestaurants bei einem Bordeaux verstaut hatte, begann er, die Fahrt zu »inszenieren«. Mit dem Nationengemengsel der Reeperbahn ging es wie mit den Gerümpelstücken des Fleetes, die, als Inventarstücke in den Trödelladen aufgenommen, repräsentativen Wert erlangten: Diese Gelb-, Kupfer- und Schwarzhäute, die hier nur als ziffernmäßig gewertetes Material herumlungern, würden in der pathetischen Beleuchtung einer Show jenes Anstauen einer fremden Rasse, gemischt aus Spuk und Verbrechen, auslösen. Auch bildeten gleichzeitig die Netzskelette der Werften und das Konzert der Nebelhörner die große Dekoration des Abenteuernden, so traditionell wie Strebepfeiler und Orgelmusik den Begriff des Feierlichen. Rückwärts führten Straßenlaternen und Hochbahnviadukte in die Stadt zurück, wo man in den nächsten Alltag hineinvegetierte. Es gehörte dazu, das einen Augenblick auszudenken, etwas hinter sich zu lassen, an dem man sich den Ruck gab. Jede Abreise muß formal einem gutgelungenen Begräbnis ähneln.

Die Landungsbrücken haben, bestückt mit Kiosken und Wartehallen und beklebt mit transozeanischen Landschaftsreklamen, völlig den Stil eines nautischen Bahnsteiges. Man ist schon unterwegs über alle Grenzen und Meere, und die Zurückbleibenden riechen schon Ferne.

Am äußersten Ende, wo die Schleppdampfer halten, gab's einen Abschied – es gibt hier immer einen –, einen bescheidenen, hausbackenen Abschied, ohne den Glorienschein des Überseereisenden. Frau und Tochter ließen die Taschentücher wehen, obgleich der kleine, kuglige Herr mit dem Seemannsbärtchen noch bei ihnen stand. Schließlich, während die Trossen sich lösten, sprang er hinunter in die Barkasse, und die beiden riefen: »Tschüs auch!«, nichts weiter, daß man merkte, wie unendlich oft sie's schon hatten tun müssen, und etwas vergrämt, weil sie doch nie wußten . . .

Gerade, als man abstieß, kam etwas in geblähtem Raglan durch die Luft gesegelt.

»Good evening!« wünschte Walt Merin.

»Teuf! wat soll dat nu?« sagte Kaptain, indem er ruhig weiterwinkte.

»Ick bün de Passascheer!« sagte Merin, der Platt nur radebrechte, und tat sehr verwundert, daß ihn der Herr Reeder Soundso nicht avisiert hätte.

Inzwischen schleuste längst der scheinbar massive Schiffswall auseinander, das ungeziefernde Dampferchen schob zickzack durch die Reihen der schnarchenden Tausend-Tons-Biester und legte sich backseits an eine schwarze Wand, und als Merin sich umblickte, schlenkerte schon die Hälfte Fallreep unter ihm, und der Leuchtstreifen Bahnhof Landungsbrücke schmolz ein.

Von Tropen und Kranschlangen

In der Offiziersmesse, einem Klein-Leute-Salon mittschiffs, mit Spiegel, Plüschsofa und künstlichen Blumen dekoriert, saßen der Maschinenmeister und drei Kapitäne auf Besuch und unterhielten sich über die ganze Erde, aber über welch eine häßliche und erbärmliche! Sie kannten vom Sommer nichts als die Kesselhölle des Maschinenraumes und vom Winter eine Kälte, in der die Seile messerscharf froren und Wunden bis auf die Knochen vereisten. Oh, Australien! Gewiß, das muß man gesehen haben. Cooktown speziell, wo de lütt Schmitt, der hüftlahme, seinen ekligen Reisschnaps ausschenkte. Lauter staubige Straßen aus Wellblechbuden; und Ziegen, furchtbar viel Ziegen, die alte Konservenbüchsen leerleckten; und zwei Kokospalmen. Die stellten die Tropen vor! Froh war man, den Bruch hinter sich zu haben, obwohl sie gleich schlecht abkamen, einen Portugiesen rammten. Bei Kap Hoorn ging's dann richtig los! Fünf Tage alle Mann an den Pumpen, nicht aus den matschnassen Kleidern raus. Sie rauchten den letzten Tee auf! Himmel, das stank!

Chinas Küste wußte Kaptain Hein Pladderkopp wie seinen Primbeutel auswendig. Das erstemal lag er drüben als Obermaat drei Monate auf der ›Holsatia‹ vor Anker; Juni bis September 1900; keiner durfte an Land, weil die Boxer aus Weißen Hackepeter machten. Auf der ›Holsatia‹? Im Juni? Hieß der Kaptain da nicht Jürgen, der lange Jürgen? Der stets seine Heuer gegen eine Wette in der ersten halben Stunde versoff? Dann war der Maschinenmeister sein Nachbar gewesen. Links ankerte der englische Schoner, rechts der der ›Holsatia‹. Und die beiden knobelten Reminiszenzen aus, eine Menge Schiffsnamen, und wieder Jürgen. Der ließ sich nämlich doch an Land booten, um einer Chinesin willen, die aber indes einen Spanier gekapert hatte. Im kid-fox – ihr erinnert euch: dem Bierhaus! – prallten die drei aufeinander, und obgleich Jürgen sich ganz nüchtern gehalten, tanzte die spanische Fliege ihm so lange vor der Nase, bis er schließlich einmal zulangte, wirklich nur einmal: die Halswirbel waren mittendurch; und er saß ein halbes Jahr im Pekinger Zuchthaus. Jürgen, alle Achtung, der hatte den richtigen Bogen raus; heiratete eine Hamburger Reederstochter.

»Colombo, ja, das ist das Paradies!« sagte Kaptain Schluck, der heutige Gastgeber; morgens Chinin mit Salzfleisch, mittags Salzfleisch mit Chinin und abends Chinin ohne Salzfleisch. Trotzdem lagen fünfundzwanzig von ihrer sechsunddreißig im Schwarzwasserfieber; wer über 41 Grad hatte, wurde in Eis gepackt, und nachher mußten sie schwitzen. Aber sie schwitzten keinen Tropfen mehr und kratzten elf Mann hoch ab.

So erzählten sich die vier Kapitäne und der Maschinenmeister unter dröhnendem Lachen und untermischt mit speckfesten Zoten den Klatsch aller Breitengrade. Und der

Steward, der einen neuen Jamaika hinstellte, sagte wie das Amen in der Kirche: »Dem Jürgen sin Fru, der hett vorichte Woch 'n Leichtmatros' den Schädel inslagen . . .«

Da soffen sie ihre Runde runter und gingen.

Merin ging mit ihnen raus in die Nachtkühle nach achtern, wo noch gelöscht wurde.

Des Dampfers Bauchhöhle war fast ausgenommen. Von den beiden Pupillen flockte schneeiges Licht durch die Rahen zur Tiefe und verschmierte in einem klatschenden Tümpel am Boden. Unaufhörlich schaufelten da unten mikrobige Kerls, sprangen brüllend zur Seite, jedesmal, wenn die Kettenschlange des Kohlenkrans tastend niederkroch, die Kiefer aufklemmte und fraß.

Sie fraß und würgte eine Stunde, bis sie endlich den Hals einrollte. Dann kamen von Heck die Querschienen angeschwebt, an die sich die Trimmer, hinauf- und hinabgeschleudert, klammerten, um sie in die Nieten zu verpassen. Und die Planken schlossen über der kahlen Höhle ab. Und Merin sah, über die Reling gelehnt, den kleinen Schlepper anrücken und am Leitseil den Kasten hinausbugsieren wie ein Steinzeitjöhr mit betagtem Ichthyosaurus im Schlepptau.

Als er in den molligen Salon zurückstieg, schlief ein dikker Mann in spinatgrünem Mantel, gelben Handschuhen, gestreiften Socken, auf das Sofa gewälzt, und gab Volldampf: der Lotse. Und Merin schien sehr beleidigt, wie der heroische Nimbus dieser Art Teerjacken, die sich aus stürmendem Gischt der Romanliteratur an Bord kenternder Schiffe schwingen, sozialen Kummerspeck angesetzt hatte.

Er hockte sich neben den Jamaikaverschnitt und spann sein eigenes Garn. Er präparierte sich auf das Meer mit Delphinen, Seepferdchen, weidend in versunkenen Kombüsen. All das Vagabundische der Tiefsee, Planktons. Und

Schädelkapseln, die mit Blumentieren statt der Hirne dachten. Auf diese andere Erde, dies Todeselement, von Leben strotzend.

Da aber erhob sich der Lotse, das alte Walroß, schnaubte den Rüssel, verschwiemelt, und zog besorgt die Uhr, ob er morgen früh den Cuxhavener Retourzug erwischen würde, und watschte auf Deck.

Die Mönche

Cuxhavens langhingedehnte Marinegebäude- und Villenreihe, darunter der Schulhauswürfel als Peilung der wichtigste, war passiert, als Merin in das Kartenhäuschen kletterte. Man muß zweierlei lernen: die verschiedenen Eisenstege, die bald senkrecht, bald horizontal sich überschneidend führen, denen mal die halbe Sprosse fehlt, mal das Geländer aus den Angeln ging, wie verschiedene Tonleitern beherrschen, da sie bei Seegang später in allen Tücken variieren, und dann: die Rußschicht eines Kohlendampfers wie eine neue Sauberkeit, eine neue Hautfarbe anlegen.

Kaptain Schluck spazierte auf der Plattform in Hausschuhen und kragenlos wie ein guter Sonntagnachmittagspapa auf seiner Veranda, der Lotse gab reisefertig letzte Kommandos in Gedanken an die Cuxhavener Kneipe, wo er den wieder mal verpaßten Hamburger Anschluß wegtrösten wollte. Nur der Erste Offizier in blauer Uniform hielt sich sehr militärisch. Er stammte wie die Mehrzahl derer, die das Seemannskontingent stellen, aus dem Binnenland, mit jeder Anlage, subaltern und bequem zu werden, aber dieser Beruf, in den ihn die Sorgen ums tägliche Brot abgetrieben, hatte seinen Kopf remarkabel ausgearbeitet und seine Augen ins Ferne geschärft und verfeinert. Die drei tauschten über see- und hafenwärts steuernde Segler, Kauffahrer und Fischerewer kritische und biographische Notizen aus.

Die Elbufer entwichen zur Seite. Man näherte sich dem rotrumpfigen Feuerschiff Elbe II. In düsiger Morgenluft, mit seinen kahlen Masten, die, garniert von vielbedeutenden Flaggen- und Bakenchiffres, doch den Menschendienst verrieten, mit seinem verödeten Deck hatte es etwas Gebanntes, fatal Resigniertes. Rings um die Erdküsten ist diese sonderbare Kaste von Seefahrern stationiert, die mit allen Kräften auf der Stelle reisen, die nichts als Merkpunkte sind, fixiert in die ewige Bewegung des Seegangs, zur Ziellosigkeit verdammt, die während Monaten keiner Frau und sonst nur den gleichen Lotsen begegnen, von einem Dasein dürftige Brocken nur aus zweiter Hand empfangen. Ein Mitteldinge zwischen Eremiten und Piraten.

Merin konnte von dieses Meeresklosters Bewohnern keinen entdecken, obschon mit eins ein Boot da drüben abgelassen war und heranstrebte.

Sowie man auch Elbe I hinter sich gelassen, gegen das endlos neue Flutrudel Sturm rannte und sinnlos über Bord spie, ohne den Insassen die geringste Regung einer Gegenwehr abzuzwingen, kletterte Helgoland hoch und fuhr steuerbords vorbei. Merin, dem dieser bestgeprägte Plakatfels Deutschlands geläufig war, erstaunte doch wieder vor dem Greifbarwerden des tönenden Namens, der in der Kurve von Möwenflügeln schwingt bis zu einer ganz anderen, ganz fremden Küste, bis von dort Echo kommt und zurückwirft: Helgoland – goélands – goélands – denn das sind die großen normannischen Seemöwen.

Und wie ein Momentanes sich immer mit dem Beständigen zum Eindruck verknüpft, sah er von jetzt an den breitklotzigen und den phallischen Rotsandsteintalisman und davor den greisen Plattkopf einer Schildkröte, die gerade Luft einholte. Sah in fegenden Dunst liniiert der Feuerschiffe Dreieinsiedeleien – aber in Wirklichkeit waren sie längst hinter der Erdwallung vergangen –, sah sie bemannt von petrefakten, hundertjährigen Meerschildkröten, die blöde mitten zwischen die subtilsten Instrumente und Bestecke hingepatscht lagen und selten bei hartem Prall der Wellen den trägen Vorderfuß reflektorisch hervorkrümmten.

Die hohe See

Das Meer ist gänzlich besät von häßlichen Ziffern der Tiefen, von Flachs und kleinen, schwarzen Interpunktionen, ein Stück Vordersteven und Fockmast darstellend, den Wracks, so daß man eigentlich über einen großen Friedhof fährt, wenn man die Seekarte betrachtet.

Phantastik und Kolportage haben es außerdem mit einem Heldentum bevölkert, das die beliebteste Karriere mit Abenteuern auf materieller Basis wurde. Ort- und Zeitgesetze bestehen ja fort, aber man ist, einmal aus der Bahn geschleudert, wirklich »weit draußen«, und wenn man stundenlang in die zweite Bugwelle stiert, in den ermüdend rapiden Eifer, sich umzukrempeln, hier wie zehn Meilen weiter, bei den Bermudas ebenso wie hoch bei Trondhjem, dann waren's vielleicht fünf Minuten der gewohnten Chronometrie, und man gerät in den sterilen Alltag des Schiffes zurück, der sich so ganz für sich, ein abgeschnürtes Teilchen Festland, fortsetzt. So wandernd kam Merin an lauter

Dorfmilieus vorüber; er roch in die Küche, eine enge, rußdreckige Kombüse, wo ein fideler Provinzvater Kartoffeln pellte vor der Hoftüre, die im Schwanken bald Himmel, bald Meer umgrenzte, er stieg zum Zweiten Offizier, der, einen Schmöker an die Brust gepreßt, pennte, und in äquatoriale Temperaturen der Maschinenhalle, wo die Kolbenarme boxten und Manometernadeln tanzten. In einer Ecke baute sich der Turm der Werkzeugkammern und Kojen, und die mächtige Wand gegenüber füllten die Kreisrunds der Kesselsonnen. Es war wie das Gehege eines erschreckend komplizierten Metalldämonen, den's nach den rosigen Fleischbrocken der entblößten Mannschaft hungerte.

Und Merin lief geduckt durch die Katakomben des ›Judenloches‹ ins Heck, wo man die heißgeglühte Schraubenwelle begoß, und zurück, und gleich in einem Atem die vielen Eisenleitern kreuz und quer und hinaus, die Relinggasse lang, und hinauf bis ins Kartenhäuschen und postierte sich neben Kaptain, der die Weite nach Dampfern absichtete. Nun kannte er die Topographie dieser gondelnden Siedelung der Nordsee.

Lange Zeit blieb alles vereinsamt, und zuweilen wieder stoben die treibenden Meerdörfer in Scharen auf, indem sie überall erst an die Kimmung die Rauchfahne pflanzten oder die Masten wie Finger emporspreizten, und dann war es, als kämen sämtliche Wracks aus der Tiefe und als führen die leibhaftigen Sterbeinterpunktionen spazieren.

Aber Kaptain und der Erste Offizier lasen mit ihren Fernrohraugen mühelos Nationalität und Form und Ziel, ob kanadische Brigg oder holländischer Fischdampfer oder englisches Schulschiff und ob sie nach norwegischen Fjorden, nach Antwerpen wohl oder Southampton strebten.

Und die rapide Erregung wuchs fortwährend; über Meilen hin falteten sich mondhafte Gebirgsstrukturen und Strudelkrater; ganz nahe strebte mit dem Schiff querdurch der Glanz einer Privatwelle: reisende Heringe.

Kaum ein Wort wurde nun noch gewechselt ...

Nur die litaneienden Kommandos, die der Mann am Steuer respondierte:

»Good stüddi holln –«

Und »Good stüddi holln –«

»Recht so ...!«

Und »Recht so ...!«

Und bis die neue Wache antrat und ins Steuer griff, vom Abgelösten die immer gleiche Losung empfing, in gleichem Singsang wiederholend:

»*Westnordwestviertelwest* ...«

Im Nebel

Er fiel so schnell, daß er wie Lumpen in den Brassen hing und das Schiff in grauen Isoliermull einwickelte, hinter dem es gedämpft vom Meere rauschte. Je weiter man fuhr, um so tiefer verhedderte man sich; der Offizier zog die Sirene, deren Geheul kurz erstickte . . .

Ein paar Befehle, bis man dwars lag . . .

Und Kaptain schaltete auf Stop!

Vom unsichtbaren Heck bimmelte jede zehn Sekunden die Schiffsglocke wie besessen . . .

»Hei is verrückt!« sagte Kaptain.

Und meinte den Schiffsjungen, der sich da vorn im Unsichtbaren die Wut vom Leibe bimmelte, weil er Sündenbock war und wieder mal was ausgefressen hatte. In die Pause aber klickte ein helles Gehämmer; da klopfte jemand den Rost ab. Und das klang alles schon so verwandelt, daß Walt Merin ganz laut: »Guten Tag, Herr Klabautermann!« sagte.

Da wurde es taubstill . . .

Und plötzlich krähte der Hahn.

Ja, wie da plötzlich irgendwo auf der Nordsee das Hahnenmotiv aus der Dampfregion niederschlug, das hörte sich doch zu blödsinnig an. Ganz inselhaft, als hätte der schmutzige Kohlenkahn Wurzeln geschlagen . . .

Da mußte doch selbst Kaptain lachen, als sich so schmetternd seine Hauptpassion meldete . . .

Er hatte *eine* für Nachtisch und Abend, Patiencen zu legen, und konnte immer von neuem verwundert sein, wenn sie nicht aufgingen, und noch verwunderter, wenn sie klappten; und *eine* für den lieben langen Tag: die Hühner, fünf struppig verräucherte, ehemals weiße Hennen und einen Prachtkerl von Hahn. Kaptain mußte dazu über Planken auf Deck turnen und seinen Bauch zwischen Stall und Rettungsboot klemmen, und dann fuhrwerkte er so lange mit den dicken Fingern durchs Drahtgitter, bis der Hahn ihn blutig hackte. Das machte ihm einen Heidenspaß, daß er an Bord seinen ›Hausdrachen‹ hatte, wie er ihn nannte, der hysterisch wie eine alte Jungfer war und keifte wie eine Frau nach dreißig Jahren Ehe.

Man verfällt unterwegs auf die seltsamsten Mittel, sich Heimat vorzutäuschen.

Aber der Nebel wich nicht, und so saßen sie sehr gedeppt beim Essen und löffelten im Labskaus herum, obgleich das doch was Hochfeines ist, gerade so fein wie Hamburger Aalsuppe und Marseiller Bouillabaisse und galizisches Schalet.

Und Kaptain Schluck, der an der siebenten Patience knobelte, warf die Karten hin und sagte zu Walt Merin:

»Ick weet gornich un hew ook nich fragt, worum dat ju eigentlich mitfohrn dät. Veel to sehn giwwt dat nich upp so'n lütt Schipp und drüwen dat British Empire is alls een Schiet un een Modder, ganz anners as in Hamborch.«

»Hamburg«, sagte der Erste Offizier und gab sich den deutschen Ruck, »Hamburg ist überhaupt das Feinste vom Feinen. Da vertellen einem die Lüt groot von Italjen. Fif Mool bün ick all da west: Dat Meer is blitzblau, und de Vesuv: spuckt hei, dann spuckt hei! Aber wat een Hafen dort is! Meine Herrn! een halwen Tag kann man da manovreern, bis man sein Kasten fest kreegt.«

»Dat shall woll so sin«, sagte Kaptain. »Und ick hewwt ook mal an Boord een Professor hebbt, de hett nu immerlos in eene groten Kladden inschrewen, von uns und den ganzen Krümp, so veel, dat ick all bannig Angst hatt, 't bliev nu gornix öwer von uns. Und dat versteht ebent unseeins nich, der so fifunförtich Mool ins Joohr de selwe Tour upp und daal zottelt, wie dat da'n annrer kümmt und steckt groad büschen die Nees' rin un glich wedder rut und denn sett hei sich hin und kann so dicke Romane vertellen . . .«

Und Merin, da ihn alle ansahen, antwortete ungefähr folgendes: »Lieber Kepptn Schluck! Ich will Sie nicht weiter bemogeln. Wie es in England aussieht und auf dem Meer, das könnte ich mir schon ziemlich genau an der Hamburger Landungsbrücke zusammenreimen, wenn ich schreiben würde. Und an die Schiffsreise denke ich nicht, vielleicht erinnere ich mich später daran, in fünf Monaten oder fünf Jahren bei irgendeiner anderen Gelegenheit. Ja, das werde ich sogar bestimmt tun. Sowie sich die Fahrt durch mein Gemüt filtriert hat und ich euren scheußlichen Kaffee vergessen habe, der nach Lamaspucke schmeckt, und den Kohlendreck und den langweiligen Nebel. Und ich werde auch nicht untersuchen, ob ihr besser dran seid mit Loggs und Sextanten und Flaggenleinen, und ob die großen Elemente nicht einem genauso zum Kotzen werden können wie die Menschen. Jeder von uns meint ja immer was anderes: Hunderttausend Mark gewinnen oder auf Barrikaden stehen oder in einen Muschelsalon kommen, wo lauter schöne dicke Frauen nackt herumlaufen; und wieder ein anderer setzt sich auf einen gemeinen Kohlendampfer, wo gar nichts zu holen ist, und nachher behauptet er, viele sehr rätselhafte, unerklärliche Dinge gesehen zu haben. Und in Wahrheit ist natürlich alles ein furchtbarer Schwindel!«

Nachdem Merin ungefähr diese Rede beendet hatte, kaute Kaptain an seiner Pipe und sagte: »Düwel ook! Düwel ook! *Hunnertdusend Mark!* Bi de dicken Weibsbilder, da mökt ja woll uns' Maschinenmeester zulangen. Un dat von de Barrekaden, dat segg ju man den Steward.« Der Steward war ein ›Roter‹, einer von der Sorte der stillen Sektierer, der die Märtyrerliste der Radikalen auswendig konnte und die einschlägige Literatur im Kopf hatte, und obgleich viel zu stolz, Proselyten zu machen, trat er pünktlich bei schlimmem Wetter vor Kaptain an, mit dem er zusammen seit zwölf Jahren diente, und legte ihm stumm einen neuen ›Fall‹ aus seinen Zeitungen vor, worauf er sehr ernst sich wieder entfernte mit den Worten: »Hei kann dat nich begreifen. Hei is Kapetalist . . .«, denn er selbst hatte samt Frau und Kindern nur ein Drittel der Heuer . . . Und das gab immer ein peinliches Schweigen. Zuviel Nachdenken konnte zu keinem guten Ende führen . . .

»Hunnertdusend Mark! Hunnertdusend Mark. Awwerst wer ward mi dat betohln. Sowat sneit nich durch die Luken un kümmt nich bi een olln Kaptain upp't Schipp wie de Flaut nich in'n Hamborger Reederskontor. Hunnertdusend. Hunnertdusend!«

Und er wollte gerade die Karten zu einer neuen Patience zusammenkrebsen, als es von oben telephonierte: »Kaptain shall rut kamen, 't kloort upp!«

Das große Ohr

Als Merin morgens zum Frühstück – in Tran gebratene Wisentleber – sich einfand, hatte das Meer die Kanonade eröffnet. Das Schiff galoppierte, das Gesamttempo war gehetzter, die Bewegungsfrequenzen erregter, selbst die Art, zu essen, zu gehen, wie alkoholisiert; beim kartoffelschälenden Kochalten, beim Küchenjungen, der fortwährend verdorbenes Fleisch gläubigen Fischvölkern über Bord schüttete; selbst im Kommandohäuschen, dort natürlich kaum merkbar, denn es dauert schon eine passable Ewigkeit, bis ein richtiger Seemann sein Fernglas anhebt, um etwa ein Schiff zu visieren, und wie er es fassen könne, obgleich es sich scheinbar überhaupt nicht vom Platze rührt.

Wache hatte der Zweite Offizier; und das war ein häßlicher, grober Kerl, der überall herumbiesterte und nichts auf Erden besaß als einen Sextanten und ein Fernrohr, beide von sagenhafter Konstruktion. Selkirk soll sie von Robinsons Insel gerettet haben, und bedeutende Marinemuseen boten dem jetzigen Besitzer ansehnliche Summen, aber er hing an den ehrwürdigen Fossilien mit seiner einzigen Zärtlichkeit und hantierte mit ihnen so voller Inbrunst und Fachkenntnis, als ob er bei Doggerbank ein neues Eiland zu entdecken im Begriff stand. Ja, diesen umherlungernden Merin, den er doch begreiflicherweise, weiß Gott! nicht verknusen konnte, behandelte er beinahe dankbar, als der mal bat, durchsehen zu dürfen.

Jeder warf heut – denn es war Sonntag – von Zeit zu Zeit einen Blick hinaus, wie das Schiff sich durchkämpfte, und berechnete gespannt, ob man abends noch Jarrow anlaufen würde, wo Tanzmusik war; nur er nicht! Nie ging dieser Mann an Land; er kannte es aus einem Detektivroman: ›Die Perlen der Gräfin X‹, dem leider zehn Seiten fehlten. Wenn er zu dieser Stelle kam, wurde er nachdenklich.

Augenblicklich nahm er Eintragungen in die große Karte vor, nach jeder seiner Wachen strotzte es dort von Strichen und Zahlen, er hielt das für ungemein wichtige Experimente, an einigen Stellen war das Meer ganz ausradiert und zeigte, wie oft dieser Kurs schon genommen worden war. Fern watschelte ein einziger Dampfer und tauchte sich wie die Eiderenten in den Gischt. Die Dünung frischte gewaltig auf. Der Offizier maß mit dem Zirkel und nickte befriedigt, und als die Steuerablösung Schlechtwetter meldete, wurde er rot vor Freude und rieb sich die Fäuste.

Die Meldung stammte vom Funker. Dessen Baracke lag auf Verdeck gleich hinter dem Hühnerstall und enthielt zwei Kammern, ein Schlafzimmer mit einem raffaelischen Pappengel und einem Laboratoriumsverschlag; da saß er vollkommen eingesponnen in Radioapparatur. Es summte in den Kupferspiralen, und wenn er die Hebel riß, um ›rufen‹, kochte es in den Schaltern, an den Leydener Flaschen glommen bläuliche Brandstreifen, und die Luft brenzelte von Ozonparfum.

Der Funker saß mit umgebundenen Hörerscheuklappen, horchte und schnitt Grimassen. Seine Rechte, hart und gekrümmt wie eine Spinnenklaue, hämmerte auf den Morsetaster, neben dem das Photo einer ondulierten Jungfrau lehnte, oder kritzelte Rückseiten von Formularen, alten Briefumschlägen und Zeitungsränder mit Stenogramm voll. Kritzelte mechanisiert, was Küstenstationen und Seefahrzeuge durcheinander telegraphierten, kritzelte lange Sätze in fremden Sprachen, von denen er kein Wort verstand oder deren Zugehörigkeit er auch nur ahnte. Trotzdem begriff er fast immer mit einer merkwürdigen Gehirneinrichtung den Inhalt, ohne sagen zu können, ob es Finnisch oder Portugiesisch sei.

Merin, der sich miteingeschaltet hatte, hörte nur ein wirres Surren der Striche und Punkte in den sublimsten Tonstärken, das sich dann zu einem Debattenknäuel, lebhaften Tumulten von Wetterwarnungen, Gefeilsch um Lotsensold, treibende Bojen und steckbrieflich Verfolgte hedderte, das allmählich raumhaft auseinanderrückte, sich identifizierte mit einem irischen Schoner, einem Heringslogger und manchen Frachtschiffen, deren Begegnung er sich entsann, so daß sich am Schluß vor ihm eine akustische Meeresszenerie auftat, wo es von allen Ecken an einem Zank- und Skandalnetz zerrte, das weiter spannte als jeder Rundblick von der Kommandobrücke.

Der Funker sagte: »Passen Sie mal auf! Jetzt kommt das Pariser Zeitzeichen!«

Und gleich befand sich Merin im Eiffelturmlift, über den Cafés der ersten Plattform: zwischen Eisengegitter in Mosaik zerlegt Tout-Paris, Etoile mit dem Elyséesstrahl zum Obelisken, La Sainte Chapelle und Au Bon Marché, die Kirchenschiffe von Notre-Dame mit dem Kurs zum Jenseits ... Und landete gerade in der Glaskuppel bei den

Nachtigallautomaten, den Croissantverkäufern, der T.S.F., als es siebenmal tutete.

Das hieß: es war zwölf Minuten vor zwölf . . .

Und Merin schleuderte gegen die Bettlade.

Der Funker lachte: »Do hebben wi Sturm.«

Und nun wurde es ungemütlich . . .

Die Bude bog sich, die Böen tosten; der Funker brüllte: »Da ruft uns einer!« und begann wieder endlos zu schreiben.

»Vorlesen!!« schrie Merin.

». . . ik kom thuis gevaren langs de hooge zee . . .«, schrie der Funker, während er rückfunkte: unverständlich, antwortet deutsch.

Antwort: seekrabben meutern haben luftmangel da kofferfisch gestohlen schickt hilfe ---

Der Funker beherrschte sich und klopfte: zweite dreizehnte silbe verstümmelt wiederholt ---

Antwort: spuck man nich so grote bogen nach luv kommt ja doch allens taurück nach lee . . .

Und: hay tempestad oh desdichado de mi keiner begiesst die korallen meines grabes dulce et dec ---- (folgten nur Konsonanthäufungen, dann die Vokalreihe, viermal umgestellt) --- fegwasser porgatorio – snappsbuddel in abrahams schooss ---- (ganz zum Schluß noch): in the medst of death we are in life -----

Der Funker knackte die Spitze des Bleistifts, fuhr Rutschbahn zwischen den Wänden, der Boden rotierte.

In diesem Augenblick stieß jemand die Tür auf. Mit einem salzigen Windpuff stoben die Worte rein: »Radiopeilung nehmen!«

Radiopeilung nimmt man von zwei Stationen.

Der Funker rief Sunderland an: Nichts war hier zu erhorchen als das Kauderwelsch des übergeschnappten Dampfers.

Der Funker stellte verzweifelt Newcastle . . .

Erst sauste es eine Weile im Hörer leer.

Dann erschallte feierlich vierstimmiger Choralgesang irgendeiner englischen Radioandacht, sechs Takte etwa, zerklirrend in ein dissonantes Ssssst; die Antennendrähte waren gesprungen.

Da hielt es Walt Merin für geraten, das Freie zu gewinnen.

Eine Böe riß ihm die Beine vornweg; bis rings um den Horizont blickte er, hochgeschleudert.

Keines fremden Dampfers Spur zeigte sich.

Sturm

Ja, wo waren sie also?

Mitten im Flattern schien das Schiff auf eine duster gewaltige Platte gestochen, die kippte, die schwang, die hob sich ganz hoch, ganz steil. Bevor sie aber senkrecht stand, kam sehr schnell das milchige Innengewölb einer Glashalbkugel empor und stülpte sich drüber, von Wolken flokkig ...

Wie über der Bussole der Helm ...

So sah man's vom Kommandohäuschen.

Hinunter mal ... alle Leitern pendelten ... mit Linkseffet gegen Reling geprallt, den Salon zu entern! War *das* der Salon? Beschwipste Möbel, klirr, die Teller hopsten aus ihren Holzrahmen ...

»Mahlzeit die Herren ...« Karussell ums Mittagessen ...

»Kotzen Sie schon??«

»Noch lange nich!« Aber der Steward; hängt über Bord und bittet flehentlich, ihn ins Meer zu schmeißen. Große

Fütterung: Gedenket der hungernden Möwen! Gesegneten Appetit!

Der Bauch platzte Kaptain vor Lachen! Patsch! lagen zwei Schwalben da; die waren wohl mitgereist; niemand hatte sie bemerkt, bis erst der Sturm sie zu hilflosem Bausch zusammenknautschte. Kaptain bückte sich gleich besorgt. Da umschwirrten sie ihm zwitschernd die Glatze.

Steuerbords attackierten die großen Brecher; dumpf paukten sie auf die Verschalung, bumm bumm bumm; backbords quollen sie ungeheuer, daß ihnen der Schaum in weißen Mähnen aus dem Widerrist brach.

Die Luft posaunte.

Päderasmussen singt – so nennt man's – den Freund der Seeleute; die sind du und du mit solchem Orkan! Wie preßte er leibhaft den Schiffsrumpf, wie stampfte er Sturzseen, die über den Masten hingen. Schlürfte Wirbel, gurgelte Salzflut, spie Whisky-Soda; zuweilen kitzelte er auch das Schiff kielunten, daß es gequält einen Hopser machte. Dann blies er die Lunge auf wie Weiberbrüste und sang seine Walfischarie.

Zehn Stunden trieb er es so.

Merin wies ihm sein Achterteil, den Rest in der Koje zu verschlafen. Aber das ging nicht so einfach. Im Salon über ihm war spiritistische Séance. Das Mobiliar fuhrwerkte und rumorte; ein spirit war sogar wohl die Treppe heruntergepoltert und hatte sich seines Lehnstuhls bemächtigt, der sich aufs Hinterbein stellte und zu tanzen anfing.

Merin zog die Bettgardine vor.

So hatte er sich schon als Kind, in die Decke eingerollt, an Bord geträumt, wenn draußen Novemberwetter hohen Seegang musizierte, das Wetter der großen Illusionen. Um 3° Nordbreite, 20. Meridian. Polarwolf hieß die Fregatte, und er handelte Elfenbein und Holz der Sykomore.

Am Dammtor aber stand die Braut. Hat ihm durchs Fernrohr nachgeschaut. Denn ihr Vater war reich und stolz und besaß Juwelenbazare in Mekka, Montevideo und Brunsbüttel und verachtete alle Menschen von zehn Brillanten abwärts.

Und Walt Merin liebte seine Braut sehr. Darum nämlich hatte er sich eingeschifft, um noch viel reicher als ihr Papa zu werden, und er schickte ihr Ansichtspostkarten mit jeder Flaschenpost an ihre Stammkonditorei.

Gerade kam er aus Singapore. Alle Chinesenfrauen hatten ihre blauen Hütten verlassen und sich in ihren Rikschas am Strande versammelt, um ihm Auf Wiedersehen! zu sagen. Sie schwenkten alle bunte Papierlaternen und feixende Papierdrachen und weinten bitterlich. Und die kleinste von ihnen, mit zitronengelber, zartgesalbter Haut, die ihn immer so herrlich getröstet hatte, schenkte ihm als Amulett einen Podex aus getriebenem Silber.

Vor diesem Amulett betete er jede Nacht, teils zu seiner Braut, teils, daß der Alte pleite ginge, während draußen die Wasser gegen das Bullauge rasselten.

Plötzlich gab es einen fürchterlichen Stoß, der Merin aus den Kissen boxte, gefolgt von einem betäubenden Knirschen, Hallo der johlenden Mannschaft und einer Welle, die sich über die Kajütentreppe ergoß. Merin patschte auf Deck, sah durch den Vordersteven einen Korallenbaum gewachsen, eine Tangwiese ringsum, und im Westen dahinter ein so unerträglich stechendes Gefunkel, daß er die Augen zusammenkrampfte.

Der Schiffsjunge mußte zuerst runter, es spritzte ein bißchen, aber die Tangwiese federte wie eine Matratze. Und so marschierte nun alles los, rechts, links, rechts, links im Gänsemarsch, voran der Kaptain mit einem Paket Karten zum Patiencelegen und einem Vogelbauer mit kalkuttischen Hühnern, der Zweite Offizier rettete natürlich sein nautisches Gerät und Walt Merin dreizehn Bündel Liebesbriefe und seinen Musterkoffer mit den Elefantenzahnproben. Das Gefunkel nahm aber dermaßen zu, daß man andauernd haltmachen mußte, bis eine Wolke die Sonne umdunkelte und Wattenterrain und eine sehr drollige Ansiedelung erkennen ließ. Sie bestand überhaupt nur aus einer einzigen Lehmmauer mit Fensterkuten und Türlöchern, und das Gefunkel rührte von Milliarden Diamanten her, die den Schlamm bedeckten und im Lehm staken wie Rosinen, so daß dieses Dorf wirklich aus Diamanten erbaut war.

Beim Nahen der Schiffbruchkarawane schlug Gebell an. Ein Rudel Seehunde trabte nach dem Lehmmauerdorf, und auf einen Schlag glotzten aus Fenstern und Türlöchern die Einwohner, die alle Seehundsköpfe hatten und ebenfalls heftig bellten.

Darauf ordneten sie sich zur Gegenprozession und schnüffelten die Fremdlinge ab – weil bei diesen Geschöpfen das Nationalempfinden in der Nase saß – und kitzelten ihnen mit den Schnurrbartborsten die Backen zum Zeichen des Willkomms.

Kaptain bot ihnen dafür Ia Brasiltabak.

Und der Erste Offizier als Repräsentant seines Volkes kommandierte gleich Paradeschritt, aber die Matrosen mußten alle fürchterlich grinsen.

Wie lange nun schon Merin und die Seinen im Mauerdorf wohnten, ließ sich gar nicht mehr abschätzen, so glichen sich die Tage. Anfangs waren sie noch hinausgewandert, versuchten, das Schiff wieder flottzukriegen, und dort, wenn sie auf den Fragmenten ihrer Kultur um den Kajütentisch herumsaßen, hatten sie sonderbare Rückfälle, und

Merin wollte sich rasieren und der Erste Offizier den ›Verband schiffbrüchiger Hamburger Jungens‹ gründen, und Kaptain und Steward gerieten politisch aneinander wie noch nie; aber dann sanken sie mehr und mehr in die Schläfrigkeit der Seehundsmenschen ein, ihre Sprache assimilierte sich und verwusch die Konsonanten, und endlich gewöhnten sie sich auch an die scheußliche Nahrung: rohen Schellfischen die Bäuche aufzubeißen.

Die Seehundsmenschen wären die Reichsten der Erde gewesen, hätte es tüchtige Juweliere unter ihnen gegeben wie Merins Schwiegerpapa. Jedermann ging nackt und trug von Kindheit an Diamantensplitter ornamental um den Nabel ins Fleisch gebohrt, die mit der silbergefleckten Spiegelhaut verwuchsen. Diesen Schmuck hielten sie für Abzeichen ihrer Menschenwürde, und Schlafen war ihre Moral; sie kamen nur nachts und bei trübem Wetter zum Vorschein, weil sonst das Geglitzer nicht auszuhalten war. Zu gewissen Zeiten aber wollte ihr Gebell tagelang nicht enden, sie versammelten sich darauf immer in der mittelsten Behausung und hielten eine Art Thing oder Ratsversammlung mit religiösem Einschlag ab. Von dieser verschwanden sie in gestrecktem Galopp landeinwärts; und das kündete jedesmal eine Flut an. Sobald ihr Mauerdorf wieder getrocknet war, kehrten sie zurück.

Eines Tages saß Walt Merin am Strande beim großen Flutfetisch aus Lummenschnäbeln und putzte, in Gedanken an seine Braut verstrickt, das Amulett hauchblank – der Himmel war schön trübe, und die Dorfkinder trabten Hottehü auf Seehunden um ihn im Kreise rum –, als er am Horizont etwas wie Masten aufsteigen sah. Sofort rannte Merin ins Dorf zurück, um die Seinen zu alarmieren, von Tor zu Tor, und die Sprache war ihm wiedergekommen und die alte Sehnsucht, aber niemand reagierte, sie blinzelten ihn verständnislos an und schnauften wohlig und hatten jeder den Arm um eine Seehundsdame geschlungen. Da durchfuhr Merin ein furchtbarer Schreck; zum ersten Male wurde ihm klar, wie gräßlich sie sich verändert hatten, wie unrettbar sie vom Seehundsmilieu bis in alle Poren durchsetzt waren. Nein, so wollte er nicht enden, so eingepökelt bei lebendigem Leibe, und er machte kehrt über spritzende Tangwiesen zur Stelle, wo einst das Wrack gelegen. Davon war allerdings nicht mehr viel übrig außer dem Vorderteil und dem Mast und einigen Trümmern, die im Algengestrüpp sich verfangen hatten, aber darunter entdeckte Merin das Allerwichtigste, den Flaggenbeutel nämlich!

Und nach langen Mühen, während derer er ängstlich nach dem Dampfer auslugte, stiegen H. und B. zur Gaffel empor. Das hieß: Haben schnellste Hilfe nötig – und war Merins ganze Signalisierkunst.

Es wurde Abend, da inzwischen wieder das Glitzern begonnen, bis ihn der Dampfer aufnahm, ein Hamburger Kohlensteamer, der über England auf der Heimfahrt begriffen war.

Lange schlief Merin in tiefer Erschöpfung, bis das Schleudern wilden Seegangs ihn wachrüttelte; er schob die Bettgardinen beiseite und torkelte mühsam ins Freie. Die Wirbel tobten schwerer als zuvor, Päderasmussen sang und lachte brünstig, und wenn das Schiff auf dem Mähnenkamm eines Brechers ritt, säumte die Ferne ein grauer Dunststreifen.

»Das ist England!« sagte der Obermaat, der mit einigen Trimmern priemkauend an Deck stand.

Und er sagte das äußerst schwunglos.

Merin wollte ihm entgegnen, daß er direkt aus langen, sehr gefährlichen Irrfahrten käme, aber er hatte Kopfschmerzen, und da niemand sich interessierte, verschwieg er die groß angelegte Erzählung.

Es dauerte noch Stunden . . .

Dann erkannte man die bleichen Molenzangen; der Leuchtturm von Sunderland schoß rote Blutstrahlen, und gelb zwinkerte der von Chield.

Man manövrierte vor der Felsenküste. Die Flut zischte über die Molen fort.

Kein Lotse war zu sehen . . .

Mit einemmal flog der Dampfer ganz hoch im Bogen, wie gezielt auf die Steinquadern; ein letztes Nachschlingern noch; tief ausatmend glitt er in die Tyne-Mündung ein. Rings engten sich die zerklüfteten Ufer, in Häuser ausgezackt, zu weekend europäisch illuminierten Stuben.

Englische Kommandos des Schleppers durchhallten den schlafgefrorenen Hafen. Sanft schaukelnd rückte der Dampfer zur Pier.

In Merins Schädel aber stampfte es immerzu: Seerobbenmenschen – Morseticken –– schwarzes Wattenland diamantenbespuckt –– ein Amulett aus eines Juweliers Bazar ––– ein Mädchen und England ––

Old Nick

Für 25 pence aus dem Erlös des chinesischen Silberpodexes bestieg Merin auf dem armseligen Bretterbahnhof von Jarrow-Station den Zug nach Newcastle. Die Eisenbahnen sind zwerghaft niedrig und sehr lang und bestehen aus einer Verschachtelung altmodisch-rotplüschiger, auf kleinen Rollen laufender Salons, die sich mit enormer Geschwindigkeit fortbewegen. Die Gegend, die man während der halben Stunde durchratterte, war gepflastert mit Backsteingehöften, die sich an den Haltestellen zu eintönigsten Steinanhäufungen schlossen, ohne geringsten Ansatz zu einer Landschaft. Kurz vor Newcastle öffnet sich ein rauchbrodelnder Industriekessel. Von einem riesigen Viadukt stürzt steil der Blick in des Hafenviertels südländisch buntgewürfeltes Getümmel.

Merin stand erst ehrfürchtig vor dem Labyrinth der Perrons und las von den Schildern London – Edinburgh – Glasgow und überhaupt die gesamte Geographie Großbritanniens ab. Dann besah er sich lange die erste Lokomotive Stephensons, die als Modell unter einem Glassturz zwischen den Toiletten ausgestellt war und jenem ehrbaren Anthrazitofen glich, den er in einem Wiener Atelier einen Winter über zu beheizen versucht hatte. – Und vielleicht auch hing mit dieser allzu intensiven Betrachtung, vielleicht auch damit, daß er des Stadtgetriebes und der Dünung gepflasterter Straßen entwöhnt war – denn getrunken hatte er wirklich wenig, zwei Flaschen Ale höchstens und einige Whiskys zwar –, die ganze folgende Bekanntschaft zusammen.

Jedenfalls, um allen zu beweisen, daß er nunmehr in England sei, sang er:

It is a long way to Tipperary
It is a long way to go

laut und unermüdlich, bis selbst die gigantischen Policemen, die sonst nur ihre weißen, am Ende ihrer Telegraphenarme drei Seemeilen sichtbaren Handschuhe wie Schießscheiben heben und senken, einen Augenblick beseelt aufhorchten. Ahnten wohl auch, dies bedeute den Trumpf seiner Sprachkenntnisse.

Aber die Newspapers hatten kaum solch fröhlichen song vernommen, als sie mörderisch brüllend aus allen Windrichtungen anschwärmten, und er kaufte the Newcastle Chronicle, the Daily Leader, The Times, the Evening Standard und Morningpost und lief mit dieser Fracht einen tearoom der Northumberland Street an, wo ihm eine blau gekleidete, blauäugige Lady in Spitzenhäubchen knicksend ein goldenes Gedeck kredenzte.

In einer Ecke saß ein Newcastler Liebespaar. Merin gab ihm den Segen. Und in der Mitte des Raumes ein ungeheuer feister Mann mit einem hochroten Edamer Käsekopf, der hielt zwischen den Fleischwülsten seiner Handteller sich eine Teetasse unter die Nase und quirlte in der andern Pratze einen Löffel wie eine Nähnadel, und wenn Merin hinsah, lachte er ihm durch fünf Dioptrien der dicken Hornbrillengläser unverschämt vertraulich zu, und wenn Merin wegsah, lächelte die blaue Lady: »Please, Sir?«

Das verwirrte Merin derartig, daß er sich hinter seinem Zeitungsstapel verkroch mit einem Eifer, als ob er ein Preisrätsel oder sumerische Keilschrift lösen wollte. Aber er kam nicht über die Titel und die ersten Zeilen fort. Da stand (Newcastle Chronicle): A great rainstorm has overflowed yesterday the shore of Northumberland ... (diesen Satz lernte er auswendig, denn er enthielt eine Kritik seines Zyklons). Und dann stand (The Times) etwas sehr kleingedruckt über Germany und sehr großgedruckt:

Wembley Exhibition
A new attraction: the seadogmen!

Solange man ein Land nicht kennt, regen simpelste Vorgänge zu Forscheraktionen an, und kennt man nicht einmal die Sprache, scheint jede Provinznotiz ein Dokument; das ist der Grund aller feuilletonistischen und historischen Exegese.

Merin quollen die Augen heraus: Seadogmen, seadogmen hieß doch, mußte ja Seehundsmenschen heißen! Er berannte die Sätze von vorn und hinten, er zerlegte die Worte in Silben und die Silben in Buchstaben und setzte sie wieder zusammen wie ein Mosaikspiel; und je tiefer er sich verbohrte und scheu geworden zwischen den Konstruktionen umhersprang, um so phantastischer, unglaublicher gestaltete sich der Inhalt. Diese Seadogmen, die gestern die Queen besichtigt hatte, waren die wunderlichsten Untertanen britischer Dominions oder ein Übersetzungsfehler.

Als er endlich aus seiner Betäubung aufsah, war es Nachmittag geworden, das Liebespaar verschwunden, die Lady lehnte träumend an einem Pfeiler, und der Feiste saß genau wie zuvor, die Teetasse bis zur Nase gehoben, und lachte.

Und fragte hinüber: »You are Italian?«

»No.«

»Serbian??«

»No! I'm international!« sagte Merin.

»What do you speak?«

»German!«

»All right!« sagte der Feiste. »Ich sprechent German, aber ich unterstehent nicht German!«

Merin verbeugte sich: »I speak English, but I don't understand English!«

Der Dicke winkte ihm zu: »You are a clever boy. Ich laden Sie ein in my motorcare, zu besehen Newcastle.«

Ja, bloß Merin hätte das Ding nie für ein Auto gehalten, vielmehr für einen messingnen Samowar mit Rädern. Und der Mister holte auch wirklich eine Streichholzschachtel aus der Gesäßtasche, entzündete einen Petroleumdocht, und als der zu summen anfing, kletterten sie von oben rein, so daß nur ihre Köpfe und Schultern rausragten, und dampften ab.

Am Ende der Straße lag eine dürftige Parkanlage, ein Marinemuseumchen, eine graue, steife Kirche und ein blitzweißes Kriegerkitschmonument.

»Das waren gewesen gute years. Viel Tote gegen die Germans!« sagte der Mister.

»What is the name of the church . . .?« fragte Merin, peinlich berührt, um abzulenken. Aber statt einer Antwort bockte der Samowar und machte einen Hüpfer.

»Das damned Pflasterstein!« schimpfte der Mister etwas konsterniert. Und sie rollten über den Marktplatz, der zur Rechten von eleganten Läden, zur Linken von gedunsenen Ziegelbaracken eingesäumt und mit einem Denkmal geschmückt war, der Eisenbüste irgendeiner Berühmtheit auf einem Sockel, der dort, wo der Unterleib hätte sein müssen, Wasser spie. Der Mister füllte seinen Samowar auf, während die rotznäsigen Jören kreischend wegliefen und die Weiber sie unter ihren zerfetzten Schürzen verbargen.

»Feine Ware!« schmunzelte der Mister, gab Volldampf, und sie brausten eine senkrechte Felsenstraße zwischen trauerschwarzen Sechsstockgebäuden zum Hafen runter.

Die Felsufer waren ebenfalls schwarz, und der Tyne, über den die niedrige Highlevel Bridge, eine theatralische Drehbrückenmaschinerie, Stephensons Werk, und der diluviale Riesenviadukt spannten, lehmgelb mit verschmiertem Abendrot. Jenseits erhoben sich Kirchenruinen und Plakate von Seifen und Pneumatiks und diesseits so viele Ruinen wie nach einem Bombardement, rissige Häuser mit zerlöcherten Dächern und Fabrikanlagen in allen Stadien des Verfalls, und mittenmang auch funkelnagelneue Gebäude. Denn der Engländer arbeitet sein Besitztum in Grund und Boden und baut gleich frisch daneben an, bevor er einen Finger rührt zum Reparieren.

Zwischen den Brücken befand sich die ehemalige Guildhall in gotischem Kreuzblumenstil und verwahrlostem Zustand; ein Lumpensammler, der verendete Smokings kaufte und Fähnchen mit den Porträts des Königspaares verkaufte, blies auf einer Trompete alte Romanzen, und nebenan schmiß jemand aus einem Hausflur unentwegt tote Schellfische in den Rinnstein. Das war der berühmte Newcastler Fischmarkt.

Über die Highlevel Bridge trubelten zum Feierabend die

Arbeiterkarawane und eine Prozession bizarrer Vehikel, in der vom modernsten Rolls Royce bis zum Daimlerschen Kraftwagen alle Motorkategorien vertreten waren, so daß der Mister in seinem beweglichen Teekessel gar nicht weiter auffiel. Der Chauffeur eines Leichenautos, das sie bei einer Stockung streifte, grüßte devot.

»My firm!« sagte stolz der Feiste. Also ein Sargmagazin besaß seine joviale Bekanntschaft.

Und Merin folgte ihm besorgt über die zappendustere Treppe eines kreuzlahmen Hauses hoch drüben in Gateshead, dessen Front nur drei Fenster übereinander hatte und in breiten Spalten klaffte. Hinter dem obersten Fenster logierte der Mister in einem Zimmer, das Office und Wohnung zugleich war, aber der Blick beherrschte die jenseits getürmte Stadt und den rahenbestrickten Hafen und den eitrigen Fluß abwärts bis zur Dunstgrenze.

Die gesamte Einrichtung enthielt nichts als einen Holztisch, einen Holzstuhl und einen Drehschemel, einen topographischen Plan von Newcastle und Tynemouth mit Katastrophenlinien, einen aus Zigarrenkisten selbstgedrechselten Dreadnought und liederlich herumliegende Blitzordner mit sehr komischen Etiketten wie business – moral insanity – hypocrisy – ignorance . . . Und Merin sagte sich: Muß so 'ne Art Herrnhuter sein, der Olle!

Der Mister hatte währenddessen den Tisch gedeckt, servierte blutendes Rumpsteak und Tomatensalat. Aus dem grinsenden jovialen Dicken war mit eins ein vergrämter Kleinhändler geworden, und als sie vom Withe Label zum Horsebrand übergingen, seufzte er und sagte:

»My liebe Friend! Ich habe gehofft zu werden ganz anders. Aber ich habe wollen werden zu schnell und zu groß. Und ich bin gegangen mit die Missionarys nach India und ich bin gedient ein year bei der Christian Science. Und ich habe mich gedunken sehr schlau und zu kennen alle Menschen, und ich habe verlassen mein Faserland nach Germany, zu machen wie sagt man of my own accord. Und ich makte constructions von große ships for die war« – hier deutete er wehmütig auf die Laubsägearbeit aus Zigarrenkisten – »und ich war einfach tadellos geliebt bei die admiralty, und der emperor hat mich gekloppt vor die Leib. Aber wie ist gekommen mein war, die stupid Germans sind gelauft zu die concurrence und sind gefallen herein. Und ich returnt zu mein alte firm, und sie haben mich gesetzt hierher als eine kleine man in die kleine town for die kleine troubles. Und ich, der haben gewollt zu machen untergehen ganze peoples, ich bin geworden zu zerstörn ein marriage oder zu machen enßuei eine Dampfer auf die Tyne . . . well . . .!«

Und er wischte sich die Augen und schneuzte sich und fragte ganz bescheiden und leise: »Finden Sie mich nicht haben einen dollen Gesang?«

Merin, der nur fand, daß der Dicke verrückt sei, antwortete nichts, weil er glaubte, daß der Mister nun auch noch zu singen anheben würde.

Aber der fuhr fort: »Yes, ich tu singen sehr often auf die sea!« Und sein Käseschädel preßte sich plötzlich wieder zu einem kaffrigen Grinsen, als ob ihm eine lustige Erinnerung aufstieß, und er sagte: »Ist es gewesen five years or six years: I don't see, but aber ich haben getrieben einen sport mit einem steamer und ich haben gefunkt in sein Radio in alle languages. Und der captain ist geworden ganz so . . . queer in the head und ist gesteuert an einen ganzen falschen Land, das er geglaubt hat, es ist England. Wie finden Sie das?«

Aber Merin nannte ihn Lumpenhund und räudigen Kraken und warf mit Whisky nach ihm und sämtlichen Gläsern.

Und der Mister wieherte und lachte: »Indeed, my firm has

me paid twenty pounds for the trouble.« Und dann blies er sich auf und sang, als ob der Sturm heulte.

Und rief Merin, der längst auf der Straße war, noch durchs Fenster hinterher: »Wenn Sie wollen mich haben, Sie wollen fragen nach Old Nick . . .«

Aber Merin drehte sich gar nicht mehr um, sondern stieg über die Brücke in das schwarze Newcastle, das nun ein häßliches Stück Mittelalter war. Am Hafen balancierte er über das Laufbrett eines verlassenen Dampfers und legte sich bei den Ankerspillen schlafen.

South Chield poste restante

Es war ein Morgen so schön, als er in diesem Winkel Englands möglich ist, von dessen Himmel die Dunstwolke nie sich ablöst.

Merin saß auf dem Verdeck der Tram Jarrow–South Chield, und jede Viertelstunde kam der Schaffner und drehte ihm einen andersfarbigen Fahrschein an. Es ging immerfort durch endlose niedrige Straßenrinnen, deren Häuserklötze erbärmlich geflickt oder pockig verlöchert waren. Durch viele gesprungene Fensterscheiben blickte er in englisches Familienleben, und manchmal tauchte eine Frauensperson auf, die ihm mit dem Kopf das internationale Zeichen für Laster telegraphierte. Manchmal auch ging's über freies Land, das waren weite Schutthalden auf Hügellehnen, geborstene Schornsteine, blinkende Moräste, um die Schwärme von Möwen keiften, fern die mastenbesteckten Tyne-Docks, aber nicht ein Baum, nicht ein Strauch.

South Chields marketplace ist streng quadratisch und dörflich. Im Brennpunkt stummelt auf vier Pfeilern ein gedrungenes Türmchen der alten Marktpolizei, von dessen Balustrade jetzt sonntags die Heilsarmee die paradiesische Reveille bläst. Von dort zielt schnurgerade die lange Hauptstraße zum Strande. Merin strolchte sie entlang; eine echte Badeortstraße mit zimmerfeilschenden Laubsägevillen und bemuschelten Reiseandenken. Alles schien ihm in dieser blendenden Frühe so bedenklich fingiert, peinlicher Kulissenzauber, die verkommenen Mülldörfer und diese blankgeputzte Sommerfrische, dies ganze England überhaupt, und er fluchte dem Whisky und fluchte dem Mister. Was hatte doch der Ölkopp gequasselt? Von einem Kapitän, der, sich in England wähnend, an falscher Küste Anker warf? Ja, was fällt Ihnen eigentlich ein, Sie angelsächsische Shokingpflanze, Sie verkümmerter Sherlock Holmes. Bitte, sehen Sie doch diese hyperblonden Postkartengirls: My darling und I love you – diese Mord- und Totschlagbilder der Picture houses, diese überlegenen stolzen Shagpipensmoker, diese Knallplakate von Lipton's Tea, Methodistengemeinden, British-Army und Wembley-exhibition! Wo sonst in Europa finden Sie diese Mischung? Wollen Sie mir etwa den großbritannischen Boden unter den Füßen wegschwindeln, Sie Lord Humbug, Sie Earl of Bluff?

Merin hielt diesen wütenden Speech vor einem Schokoladengeschäft, aus dem gerade ein Briefträger trat. Und das stimmte ihn wieder freundlich . . . Denn Merin liebte die Briefträger allerorten, in der stillen Hoffnung, daß sie zu ihm kämen. Und er raffte sein ganzes Englisch zusammen, trat würdig vor den guten Postonkel hin und fragte: »Please, Sir, have you a letter for me?«

Der Mann klappte ganz ruhig seinen Lederkasten auf, fischte etwas heraus und händigte es Merin ein.

Und Merin stand da mit einem Brief in der Hand und einer Gänsehaut im Rücken.

Ließ das Papier in die Tasche gleiten, ohne draufzusehen . . .

Und: »He Sie . . .!« rief er . . .

». . . Sie Briefträger! Stop a moment! Das is 'n Irrtum. A mistake is das! Sie haben mich verwechselt, haben mich gewiß für abergläubisch gehalten. Das ist aber ein Irrtum, ein gewaltiger mistake sogar. Oder ein hundsgemeiner Trick, ein Schicksalsdreh, Briefe aus andern Dimensionen zu adressieren. Was? . . .«

Blödsinn! Der Postbote hatte ausgesehen wie die Postboten in aller Welt, ohne metaphysische Hintergründe! Nichts Ungewöhnliches weit und breit. Ein geschmacklos echtes Parktor – »South-Mariner Park« in Schmiedeeisenlettern – Merin beklopfte es mal auf alle Fälle, sehr nüchtern, ganz solide – vielfarbenes Gesträuch subtropischer Flora, didaktisch gepflanzt . . .

Und unter ihm: Die große, klare, strenge Nordsee!

Merin gab sich den Anschein herzlicher Unbefangenheit.

Exakt schritt er die Wellenränder im Dünensand entlang, Muscheln sammelnd für seine Tante in Lüttich und Sepien und Ammonshörner und was sonst noch an netten kleinen Leichen vom lieben Gott als Spielzeug ausgestreut ist für artige Naturforscher: Das sammelte er eifrig (und hatte doch den Brief in der Tasche!). Und klomm auf die Mole. Ruderboote, zu vermieten an Sommergäste, hupften in der Bai, die sein Dampfer im Nachtsturm genommen. Gegenüber der Felsrücken trug die Ortschaft North Chield und Flaggenmaste und die Reste des Hadrianswalls und am äußersten Ende über der Brandung eines Klosters Mauerreste, deren Spitzbogen der Himmel fensterte.

Am Strand eröffneten die Photographenbuden ihre Season, und eine amerikanische Kreisschaukel drehte sich selbstvergnügt in kleinen Rucks um ihre Achse. Und als sie sich das fünfte Mal gedreht hatte, zog er doch endlich den Brief heraus:

Da stand ganz richtig sein Name, und kreuz und quer geschrieben an die hundert Postvermerke nebst 125 drolliger Stempel aus drei Erdteilen. Z. B.: Bord des ›Polarwolf‹ – Christchurch (New Zealand) – Batavia – Unbeknown – Brobdingnag – Centuria (Minnesota) – Goldene Zehn – Hamburg retour –– und Fortsetzung auf der Rückseite: Marseille, Brasserie Notre Dame des flots –– Wien, Kreiskrankenhaus – Paris, Hotel Wagram – South Chield poste restante –––

Merin wischte sich die Stirn . . .

Das war ja ein äußerst hartnäckiger Brief . . .

Und er las:

»Mein klein Jung!
Ich bün nu ganz büschen traurig, daß ich Dich nie und nie bei mir hab! Vater ist fort, weil sie in seinen Bazar in Belgrad eingebrochen haben. – Und ich sitz ganz allein und denk immerlos, wie Du auf einer Insel bist, die garnich auf dem Globus draufsteht, und wo Schlangen wachsen und Palmen und Bumerangs und all solch Zeugs; und winkst. Und vielleicht hast Du auch ein Tal gefunden, wo es Diamanten gibt, tausendmal mehr, als Papa hat, und Indianerfrauen, hundertmal schöner

als

Dein

klein Mädchen.

Nun ist der Brief wieder zurück, und ich schick ihn noch mal ab. Und das macht gar kein Spas! D. kl. M.

Schön Dank auch für die Postkarte aus Hilowalo oder wie das heißt. Und die nackte schwarze Dame vor der Bananenhütte is garnich hübscher als ich. Ich hab im Spiegel nachgesehen. Und nun mußt Du auch ganz fix wiederkommen!«

Ja, jetzt suchte er noch nach dem Datum.
Viereinhalb Jahre trennten ihn.

»Dieser Brief«, sagte Merin zu Merin, »ist ein echter Abenteurer unter den Briefen, er hatte sonderbare Schicksale, die ihn, mag er noch so passiv gewesen sein, über die Durchschnittsexistenzen von Briefen hoch hinausheben. Die ihn zu etwas Ungewöhnlichem stempelten wie jeden, der weit herumgetrieben wurde. Man könnte sich fast denken, daß er sich, unter dem Vorwand, Ihnen zu folgen, auf eigene Faust diese Extratouren leistete – er geriet in Centuria in stark parfumierte Damenhände, in Marseille vielleicht in die Hosentasche eines Kneipiers, in Wien zu einer karbolduftenden Oberschwester, in Paris verstieg er sich in die Sphären der Wagram-Concierge –, bevor er Ihnen hier in South Chield auflauerte. Ja, dieser Brief hat Sie mit seinem Unternehmungsgeist völlig geschlagen. Vor zehn Minuten noch saßen Sie wie am Gestade eines anderen Planeten. Sie waren berufen, in der Stadt, die Sie drüben auf der Felsklippe erblickten, wo Sie die Markthalle, einige Straßen und einen Fünfminutenausschnitt aus dem Leben von hundert ihrer Bewohner wie durch ein Objektiv oder wie eine Kinoaufnahme betrachteten, Sie waren berufen, dort eine fremde Welt zu entdecken. Dieser Brief hat Sie ertappt! Jetzt sind Sie weniger als jeder Geschäftsreisende, der zweimal wöchentlich seine Tour nach London macht. Und wenn Sie später die Behauptung aufstellen sollten, daß Sie in England . . .«

»Idiot Sie!« sagte Merin empört. »Ich *war* auch in England. In einem England, das allerdings nichts mit dem Baedeker zu tun hat. Es ist sehr wichtig, als *was* man reist! Man muß das wie eine Rolle spielen können. Meine ist hier beendet. Sie entschuldigen mich wohl, denn man erwartet mich in Hamburg . . .«

»Vorher kommen Sie aber bitte heut abend zu Frau MacIntosh . . .«, sagte Merin.

Mrs. MacIntosh's profession

Jarrow ist eine große, staubige Siedelung, roh zusammengebacken aus zweistöckigen roten Ziegelblocks, um die rings in Kästen abgeteilte Vorhöfe laufen, backyards genannt, die außer zum Trocknen gehißter Lumpen keinen Schmuck und kein Grün aufweisen.

Jarrow ist eine Kultstätte der Lieblosigkeit.

Kirchen wachsen in den Street geheißenen Zwischenräumen soviel wie anderwärts die Bäume, so daß auf jede Seele zwei entfallen, und dazu kommt eine Unmasse Bibelzirkel und Liberalclubs.

Clubs sind dem Engländer eigen wie der französischen Provinz ein Arc de Triomphe, der italienischen die Ausgrabungen, der deutschen die Veteranenvereine; und erbärmlichste Spelunken mit grindigem Kalk, in Boxen abgeteilt wie hohe Chorstühle, titulieren sich ›Splendid Sitting‹.

Vom Morgengrauen bis zum Dämmern ändert sich das Bild in nichts; immer dieselben zottigen Weiber tratschen, ohne sich vom Platz zu rühren, vor ihrer Tür, und immer dieselben fünfunddreißig Arbeitslosen stehen an einer Straßenkreuzung in derselben Haltung, britisch lässig und weltbeherrschend. Beim Dunkelwerden aber schwärmen paarweis die Dorfmädchen aus, seidenbestrumpft und scheußlich elegant, und hinterher stampfen die fremden Matrosen in Zivilkleidung und würgen sich mühselig englische Brocken aus dem Schlund. Alle Gassenkanäle durchpestet eine giftige Wolke von Ranz- und Fettschwaden, die dick und gelb aus den Fish and Chips-Rooms entqualmen, aus schüttigen Eckhöhlen, wo die Hausfrauen warme Abendkost zur sup-time fertig beziehen.

Mitten durch dieses verkommene, wilde Gewimmel strolchte Merin mit einem Knäul von Jören, weil er Bilder aus Cigarettes-Schachteln austeilte und Regenwürmer und echten Priem; strolchte zu Frau MacIntoshs Laden.

Frau MacIntosh besaß ein Gemüse- und Obstgeschäft und ein Herz für die Seeleute; traktierte sie mit Rumcoffee und zahlte ihnen die Liebe zurück, die ihr Mann, der Steward, in fremden Landen konsumierte.

Sie hatte zwei Kinder, die sagten »Good Täg!« zu den Deutschen, und eine bildhübsche, fünfzehnjährige Magd, die konnte auf französisch zählen: »Oun, djou, trois«, damit sich auch die Franzosen zu Hause fühlten. Es war nicht geheuer mit dem Laden. Den paar Kartoffel- und Saurübenkörben konnte man's nicht anmerken, daß hier die Jarrowleute ihre Extravaganzen erledigten, daß sie die biblische Erbauung vergaßen und die Reserviertheit verloren, daß hier die Hölle eine Ramschfiliale eingerichtet hatte . . .

Walt Merins Vermögen bestand noch in einem Pfund, als er eintrat.

Wath's the matter? Ahoi! Louk here! Gute Bekannte; die alten Kollegen waren eingetrudelt: der Funker und der Erste

Offizier – Frau MacIntoshs heimlicher Flirt –, wie lächelte sie dankbar, wenn er sie mit »Rostige Schraube« anredete.

Und die ganze Bude gepfercht voll mit Jarrows high life, und ein ständiges Kommen und Gehen. Es war die Nacht vor dem Londoner Derby, und wer nur einen Cent in Händen hatte, der verwettete ihn; jeder wettete, vom großen Armstrong, der über den Fettwolken von Jarrow residierte, bis zu den Straßenbälgern, und jeder erzählte die Geschichte von Sansovino, dem Gaul aus dem Stalle Lord Derby; aber gerade auf den setzte keiner; noch nie hatte aus des Gründers Stall ein Gaul das Rennen gemacht, solange es bestand, nämlich 137 Jahre.

Um Merin flogen die Tips und kletterten die Einsätze, es wurde debattiert, als ob Frau MacIntoshs gaslichtbekleckstes Gemüselager direkt auf London und die Turfplätze zusteuerte. Der lange Policemann von Jarrow-station und der Upholsterer von gegenüber hatten einen regulären Start aufgebaut und stritten so, daß das ganze Feld scheu wurde und die Pferde beim Finish in einen Klumpen aneinandergerieten. Man schloß nicht nur Wetten untereinander, sondern auch Wetten auf die Wetter und Platz auf die ›ferner liefen‹, man riß sich um Viertelnasenlängen, und am schlimmsten erging es dabei dem Favoriten, der die Räude hatte, lahmte und an Herzverfettung litt. Die gute MacIntosh hatte alle Hände voll zu tun, Rumcoffee einzuschenken, und zwischendurch schäkerte sie mit ›ihren drei Deutschen‹ in einem infantilen Englisch, wie man zu Kindern spricht, in der Meinung, besser verstanden zu werden.

Der Erste Offizier nahm eine lange Liste vor mit den Namen seiner Matrosen, für die er einzahlen sollte, da sie das Schiff klarmachen mußten, das Klock sechs wieder in See stach.

Und als Merin das vernahm, wurde er sehr aufgekratzt

und rief ihnen zu: »Ich komme mit!« und warf sein ganzes Geld auf den Ladentisch:

»One pound! Twenty shillings!«

Sofort beteiligten sich alle Anwesenden mit Ratschlägen, und das Rennen setzte noch mal ein, doch Frau MacIntosh, indem sie rasch einkassierte, flüsterte ihm ins Ohr: »Sansovino!« und zwinkerte ihm verheißend zu.

Und sobald sich die letzten Wettlustigen verlaufen und Englishmen und Germans noch manches zum Abschied geradebrecht hatten, das man gegenseitig für Komplimente nahm, blieben nur ›ihre drei‹ als rührende Genre-Gruppe zurück; der Erste Offizier saß, träumend den Arm um die Taille seiner beseligten Wirtin gepreßt, und der Funker spielte mit einem Kohlkopf Ball mit den Kindern, und Walt Merin streichelte die kleine, zarte, verschmutzte Magd.

»You are a very, very, very nice girl!« sagte er und brüllte:

»God save the King and the Mister Old Nick!«

Aber kaum hatte er das von sich gegeben, voll schönem Enthusiasmus, da sprang Frau MacIntosh puterrot und in furioser Entrüstung auf und wies ›ihre drei‹ unter anscheinend sehr unflätigen Worten aus dem Laden.

Die drei stiebelten äußerst verdutzt durch die schwelende, tote Frühe.

Und der Funker und der Offizier schielten etwas verquer nach Merin wie nach einem Anarchisten oder mindestens einem Raubmörder.

Der aber trottete knurrig und schuldgeknickt vorwärts.

Und wußte nicht im geringsten, warum.

Die Flucht

England schrumpfte ein. –

Der Dampfer bummelte. Man fuhr nur mit halber Kraft.

Und nun hockten Kaptain, Maschinenmeister und Walt Merin wieder beisammen am großen Schornstein, rösteten an der Sonne und dösten.

Die Hühner krabbelten, und Merin fühlte sich in einer seiner Heimaten. Er hatte deren viele, an die dreißig etwa.

Das sind, dachte er, diese Heimaten sind – nicht etwa faule Spießerquartiere mit sentimentaler Biedereinrichtung, sondern – sehr ersprießliche Laboratorien, wo man die allerorts abgezapften Psychopathien, Ticks, Fanatismusneurosen filtrieren und auf ihre seelische Reagenz nachprüfen kann.

Schließlich, vielleicht beim Jubiläum der zweihundertfünfzigsten Heimat, hat man nur noch *eine* nötig.

Hat sich von jeder ein Stück in memoriam mitgenommen und bekommt allmählich die ganze Welt komplett wie eine Briefmarkensammlung zusammen.

Der Maschinenmeister dachte, ob man in Hamburg nicht erst drei Tage Kesselreinigen einschalten könne. Das träfe sich ganz ausgezeichnet, um zu Pfingsten nicht gerade auf See zu müssen . . .

Kaptain zwirbelte die Kette des dollen Amuletts, das er Merin für zwei Pounds abgeknöppt hatte, und erboste sich in einer Tour.

»Düwel ook! Düwel ook! Dat ick bi dat Derby nich sett hew! Hunnertdusend Mark künn ick bi gewinnen! Hunnertdusend!«

»Kaptain!« sagte Merin und zündete sich erst eine Zigarette an . . .

»Kaptain, wenn ich Ihnen meine Zwanzigshillingswette verkaufe?«

»Wie dat?« fragte Kaptain.

»Für das Amulett . . .?«

»Upp welches Pierd hewt ju denn wettet?«

»Sansovino . . .«

Kaptain kraulte sich: »Sansovino?«

»Dat is ja nu oberflau!« sagte der Maschinenmeister und spuckte seinen Bogen.

»Ach Schiet!« sagte Kaptain und »Topp!« und winkte dem Küchenjungen: »Röp mal ganz fix 'n Funker! Hei shall hüt nachmittag in Newcastle anfragen, wer dat gewonnen hett!« Und reckte sich und sagte: »Jetzt hew ick doch wedder wat, wo ick drauf lauer. Nu ward mi all better!«

Es kam der Nachmittag, und sie waren nicht weiter als Doggerbank, deren unsichtbaren Rand rings die Heringsfischer wie eine träge Wanzenbrut umkränzten. Ein Dampfer folgte ihrer lang aufgewühlten Furche und holte rasch auf.

»Hei fahrt ja wie de Sattan!« meinte Kaptain.

Der Zweite Offizier visierte ihn durch seine antike Ofenröhre an: »Dat is 'n Engländer!«

Dann vertellte Kaptain wieder Wunder von ›seinem Pferd‹, das er schwitzend gegen die andern verteidigte, war gerade dabei, sich von der Quote ein Häuschen in Blankenese auszustatten, als der Funker mit einer Meldung auf die Kommandobrücke ankletterte.

Kaptain nahm das Formular in die Patsche und warf es hin. Und dann platzte er los und pruschtete und tanzte. Und fragte:

»Woher weet du dat?«

»Von de Schipp achtern!« sagte der Funker nölig.

Und Kaptain schob sich die Brille auf die Gurke und blickte ganz verkniffen zu Merin und las feierlich:

Sansovino vainquerer
Old Nick

»Au, dat giwwt vielleicht 'ne feuchte Runde!« rief der Zweite Offizier begeistert.

Der Erste schimpfte auf die dammliche Wetterei.

Aber Merin hatte nichts gehört als: Old Nick! Da kam er also, der olle Trouble-Mann, um ihn abzuholen. Ihn immer mal wieder loszueisen von einem Seehundsmilieu, bevor er sich eingewöhnt hatte und die große Veränderung und das Versinken nicht mehr gewahrte. Der fingierte Liebesbriefe nachschickte und Amuletts und ihm Porterpullen in ein fauliges Fleet schmiß, damit er Sehnsucht kriegte, wenn er irgendwo festhakte.

Und Merin starrte von der Kommandobrücke immerfort nach der Rauchfahne des fremden Dampfers . . .

Und war reisefertig . . .

Bis zur selben Stunde des folgenden Tages hielt sich der Fremde weiter in respektablem Abstand; erst als man so etwa fünfzig Meilen unter Helgoland dampfte, machte er einen bedeutenden Vorstoß.

»Nanu?« sagte Kaptain. »Hei signaleseert!« Und setzte den Krimstecher an: »Wi shall stoppen!«

Und nachdem er das Kommando gegeben hatte, sammelte sich fast die ganze Mannschaft auf Auslug.

Die Manöver des Fremden wurden eifrig besprochen.

Einige entzifferten schon die Schrift am Vordersteven.

Als er aber auf gleicher Höhe lag, entprasselte der Dünung um ihn ein so scharfes Sonnengefunkel, daß seine Konturen zerfetzten.

»Sie rojen an!« rief Kaptain wieder. »Fallreep runner!«

In der Tat war drüben ein Boot abgelassen und quirlte sich durch die Flut.

»Wat 'ne komische Visite ...«

Und während alles am Fallreep zusammenströmte und aller Augen neugierig den Rudernden entgegenstarrten, hatte sich unversehens Walt Merin in die Mitte gedrängt, hatte, den Koffer in der Linken, Kaptains Rechte ergriffen und: »All right!« sagte er; und: »Fare well, Kaptain Schluck!« und: »Grüßen Sie Hamburg und die Alsterlust und die Rotbuche am Hochweg.« Und: »Bestellen Sie man einem hohen Senat, daß ich noch einiges unterwegs zu erledigen hätte! Und ...«

»Go on!« brüllte einer der Ruderer.

»... Und wenn Sie mal nach der Konditorei an der Hoheluftbrücke kommen, dann ...« Da aber war das Boot schon hinter eine Welle gesunken.

Elf Minuten später peilten sämtliche Ferngläser im Steuerhäuschen die Backsit des Old Nick, der langsam beidrehte und westviertelnord verschwand.

Und Merin mit ihm.

Am Abend, als Elbe III dreimal mit der Pechfackel bluste zum Zeichen, daß es der Hamburger sei, fragte der Erste Offizier zu Kaptain rüber:

»Wat dat nu woll zu bedüten hat mit den Minsch?«

Kaptain tippte sich nur mit dem Finger die Stirn; er schien stark besorgt, den richtigen Platz für seine Villa auszuknobeln.

Und versonnen in die vielfältig bunt aufblühenden Leuchtfeuer, Lichtkugeln, Blue lights der Elbmündung blickend, murmelte er vor sich hin:

»Hunnertdusend Mark! Hunnertdusend Mark!«

Das war nu woll seine letzte Seereise . . .

Glossar für Land- und Seereisende

I. ALGIER ODER DIE 13 OASENWUNDER

Seite		
10	*Mazze*	ungesäuertes Brot, Osterkuchen der Juden
	Dovre	weite, kahle Hochfläche im südlichen norwegischen Hochgebirge
	Solvejgkomponist	Edvard Grieg (1843–1907) (»Solvejgs Lied« aus der Musik zu Ibsens Schauspiel »Peer Gynt« wurde zum Inbegriff norwegischer Musik)
	Sogne	größter westnorwegischer Fjord
12	*Jag elsker dig*	Ich liebe dich
13	*Paa Gjensyn*	Auf Wiedersehen
	Danebrog	(brog– dän.: Tuch) die dänische Flagge

13	*Multbeeren*	in Skandinavien verbreitete Brombeerenart (Torfbrombeere)
14	*Kuskus*	oder Kuskussu – in Nordwestafrika verbreitetes Gericht aus Weizen-, Mais- oder Hirsemehl
	Circuit A–F	hier: die SINDABAD K. & K. Touring Co. hat die islamische Welt nach touristischen Gesichtspunkten bzw. Reiserouten in Planquadrate aufgeteilt. Der Turban-Algerier betreut den Abschnitt A–F, sein Kollege G–L, usw.
	Kifkif	von Walt Merin später (frei) übersetzt mit »Papperlapapp«
	Teppichsidis	Sidi (arab.): Herr
	Smyrna	Orientteppich (aus Anatolien)
15	*Burnus*	Wollstoffgewand mit Kapuze, der ›Mantel‹ der arab. Beduinen in Nordafrika
16	*Cyrano*	Cyrano de Bergerac (1619–1655) franz. Schriftsteller, dessen phantastische Reiseerzählungen wegen ihrer weder religiöse noch politische Autoritäten achtenden Tendenz zu Walt Merins Lieblingslektüre zählen.
16	*›Général Cambronne‹*	Passagierdampfer, benannt nach dem franz. General Pierre Jacques Etienne Cambronne (1770–1842)

18	*Boches*	franz. Schimpfwort für die Deutschen. Nach Walt Merin ›Quadratschädel‹
21	*A bas le vaccin!*	Nieder mit der Impfung!
22	*Peignoir*	Morgenmantel
23	*Beau*	Dandy; hier: aufgeblasener Gockel
25	*Les Guides Bleus*	eine Art franz. Baedeker
	Haik	langes, weißes Wollstofftuch, das um den Körper und über den Kopf geschlungen wird
	Djama El Djedid	Neue Moschee
26	*Paquebot*	Passagierschiff
	Kasbah	an der Bucht gelegene Altstadt Algiers und Zitadelle
27	*Sourdi, Missiou*	Herr
28	*Taleb*	Student, hier: Junglehrer
29	*Pied-à-terre Adressen*	hier: Adressen der Absteigen
30	*Cherifstöchter*	Cherif (oder Scherif): Nobler, Adliger, Nachfahr Mohammeds
31	*Spahis*	Angehörige des aus Eingeborenen zusammengestellten Reiter-Regiments der franz. Armee
35	*Der ›Car‹*	Walt Merin benutzt, einer Mode der Zeit folgend, gern amerikanische Ausdrücke. Gemeint ist: Das Auto oder: Der Wagen
	Fonctionnaire	Beamter

	Ngoussi	Oasenstadt in Nordalgerien
36	*Mehari*	Reitdromedar
	Cook-, Transatlantik und Bennetfronten	die drei Reiseunternehmen teilen die Welt unter sich auf und versuchen, ihr Territorium durch neue Touristikrouten zu vergrößern.
37	*Kaid*	meist: Caïd – eingeborener Regierungsbeamter an der Spitze eines Caïdats
	Ghardaja	Oasenstadt in der nördlichen Sahara
39	*Mozabiten*	Berberstamm, ansässig auf der Hochfläche der algerischen Sahara
40	*Verdauungsfooting*	Verdauungsspaziergang
42	*Ksar*	Festung, Hof
44	*fiam-allah*	im Schutze Allahs
	Bou-Saada	Stadt am östlichen Ausläufer des Atlas
47	*Hodnaebene*	nördlich von Bou-Saada
	Schek von Saada	Scheich von Saada
48	*Skapulier*	Federkiel
52	*Zaouja*	kleine Moschee
	Fatme	abgeleitet von Fatima, jüngste Tochter des Propheten Mohammed und der Chadidscha (gest. 632)
	Tholba	hier: die jungen Lehrer
55	*Djinn*	Geist, Dämon
56	*Duar*	Herberge
	Gurbi	niedrige Hütte

58	*Sus*	Landschaft in Südmarokko zwischen dem Hohen und dem Antiatlas
	Kubba	Grabkuppel, Mausoleum
	Voyons, jeune homme, qu'est-ce que vouz attendez pour ficher le camp!	wörtlich: Hören Sie, junger Mann, wie lange wollen Sie noch warten, bis Sie sich zum Teufel scheren!
61	*Ich bin im Dalles!*	Ich bin erledigt! (Dalles – jidd.: Armut, Elend)
	Tartarinlektüre	hier: Schauerlektüre
	Trucs	hier: Scheichs
	Meyerbeer-Aufführung	Giacomo Meyerbeer (1791–1864), Komponist großer fünfaktiger Tragödien im Stile der französischen Großen Oper
63	*Chypre*	Phantasieparfum
64	*Haut-goût*	hier: Wildausdünstung
66	*Gandura*	Kleid
	seidener Djedj	Schal
71	*Gehenna*	neutestamentarische Bezeichnung für Hölle
72	*Tuggurt*	Oasenstadt in Ostalgerien mit heute 25000 Einwohnern
73	*Ssuk*	(oder Suk): Markt
	Kuhlausonate	Friedrich Kuhlau (1786–1832), Komponist von Klavier-Sonaten und -Sonatinen, die vielfach im Klavierunterricht benutzt werden
77	*Muezzin*	Gebetsrufer
	Phthistiker	Schwindsüchtiger

81	*Hand-der-Fatme-Porte-bonheur*	der ›Hand der Fatme‹ (abgeleitet von Fatima, vgl. Anm. zu S. 52), meist als Amulett oder Schmuckstück getragen, wird glückbringende Kraft zugeschrieben
	Kleine Kabylei	Gebirgslandschaft im östlichen Tell-Atlas
	M'zab	Landschaft südlich der Ostausläufer des Tell-Atlas
82	*Saids*	Nachfahren des Kalifen Ali; hier: Privilegierte
	Kadi	Richter
101	*Kremser*	Pferdewagen
102	*Schetan*	(oder Scheitan): Teufel
103	*Pierrots und Dominos*	hier: Weiß- bzw. Schwarzgekleidete und Geschmückte beim Karneval

II. WESTNORDWESTVIERTELWEST
ODER ÜBER DIE TECHNIK DES SEEREISENS

112	*malayischer Kris*	dolchartige Waffe der Malayen
114	*Alehouses*	Bierkneipen
	Patschulikapellen	Tanzmusikkapellen, die in den Kneipen die gängigen schmalzigen Schlager herunterspielen
	halfcaste	Mischling
121	*Fischerewer*	kleineres Fischereiboot mit anderthalb Masten, meist mit Hilfsmotor
133	*T.S.F.*	transmission sans fil: Radiogerät
136	*Holz der Sykomore*	Holz der orientalischen Platane
147	*Dreadnought*	frühester Typ des modernen Schlachtschiffes
	Herrnhuter	Brüdergemeinde, Religionsgemeinschaft mit urchristlichen Grundsätzen
152	*Sepien*	Tintenfische
158	*Turfplätze*	Rennplätze

Marginalien des Autors zu Algier oder Die 13 Oasenwunder

Hoch in Norge (Seite 10) – Im Tonfall der Norweger, nach der Melodie einer moderato tropfenden Wasserleitung zu sprechen. Dem Malerehepaar Fritz und Else Wolff, Siedlern im Hardanger.

Korsaren (Seite 16) – In Marseille aß Walt Merin gemeinsam mit Maud und Böff (Eva und George Grosz) Bouillabaisse. Sie stellten dabei sehr geistreiche Vergleiche auf, die leider mit Rücksicht auf den § 184 des StGB hier nicht wiedergegeben werden können. Zum Ersatz dafür schenkte W. M. den beiden diese Geschichte.

Der ›Guide‹ (Seite 25) – Die Holländer sind philiströse Klabautermanns. In ihrem Lande, zwischen Haarlem und dem Meere, erstreckt sich ein Stück vergreister Dünensahara.

Der ›Car‹ (Seite 35) – Den Chauffeuren Walter Hasenclever und seiner Schwester Marita für lange Winterabende in Clamart.

Oasennacht (Seite 42) – Der Verfasser hätte hier gern eine ausführlichere Landschaftsschilderung gegeben. Gerade aber, als er dies schrieb, sprach sich die literarische Zentrale gegen Mondschein aus. Er fügte darauf für seine Mutter mündlich eine sehr begeisterte Darstellung hinzu.

Von Sidi Nail und seinen Töchtern oder Dem erblichen Feuer (Seite 51) – Die culinarischen Details sind authentisch.

Von Mohammed dem R'umi oder Dem Feuer der Pestilenz (Seite 60) – W. M. widmete dies Ernst Toller. Dann gingen sie gemeinsam ins Café d'Harcourt und tranken mehrere Cognacs.

Auf der Unterweltsbahn (Seite 68) – Gehört zu den Gegenden, von denen einem schon mal gefiebert hat.

Den Königen von Tuggurt (Seite 73) – Es gibt nichts, was das Jucken so angenehm kühlt, wie die Worte: Salbe, Creme oder Balsam.

Heiliger zu verkaufen (Seite 80) – Das Seltsamste von Biskra ist die Pferdebahn durch die Wüste nach den »Fontaines Chaudes«. Wenn die Pfefferkuchendose mit Vorspann durch das Geröll schaukelt, ist sie ein Gebr. Grimmsches Gefährt: Rumpelstilzchens Zaubernachen. Nur ein Constantiner Jude konnte auf die absurde Idee verfallen, in dieser Einöde eine Badeanstalt zu errichten. Er starb in Armut und hinterließ eine hungernde Witwe, die mit Gott haderte. Eines Tages wurde sie bei dieser Tätigkeit durch eine furchtbare Eruption unterbrochen. Die Hofarkaden lagen in Trümmern. Ein ungeheurer, 200 m tiefer Krater hatte sich mit Getöse geöffnet, erfüllt von Gewässern, die wegen ihrer Heilkraft bald berühmt wurden. Solches ist erst unlängst geschehen. W. M. sah noch die unreparierten Ruinen. Er schloß daraus, daß der Himmel auch die rebellischen Naturen erhört.

Das Kamel und die soziale Frage (Seite 89) – Als ich diese Geschichte meiner Freundin vorlas, weinte sie bitterlich und versprach, es nicht wieder zu tun.

Fantasia (Seite 98) – Der große Marabut hat W. M. ein altes Taschenmesser und ein Amulett gegen den blauen Schetan verehrt.

Meinen Biskraer Freunden: Ali Derouiche, dem Advokaten, und Ali Sab, dem Schriftsteller.

(1927)

Nachwort

Oh, höchstes Glück, zu reisen!
Man ist stets fort – stets da
Das Dasein will ich preisen!
Ubi bene – ibi patria!

(Walter Mehring an Walt Merin)

I

Reisen waren für Walter Mehring ein »mindestens ebenso gutes Stimulans wie Applaus, Alkohol oder Vorschuß«.[1] Reise und Reisen sind in den Versbänden[2] wie in den Prosabüchern Mehrings immer wieder auftauchendes Motiv und Thema. In *Westnordwestviertelwest* und *Algier oder Die 13 Oasenwunder*, von Mehring ironisch als »Reisebücher« bezeichnet, ist das Reise-Motiv, bei ähnlichem literarischen Grundmuster, auf inhaltlich verschiedene Weise variiert, autobiographisch in *Westnordwestviertelwest*, ›cook-satirisch‹ in *Algier*.

II

Westnordwestviertelwest oder Über die Technik des Seereisens erschien 1925 im Elena Gottschalk Verlag, Berlin, in einer Auflage von 3000 Exemplaren. Das Buch, zu dem Mehring auch das Umschlagbild und die Textzeichnungen lieferte, ist dem Hamburger Reeder Otto Blumenfeld »zum Dank für maritime Gastfreundschaft« gewidmet. Blumenfeld hatte dem meist mittellosen Mehring, der ab 1921 vorwiegend in Paris lebte und von seinen Büchern und sporadischen Beiträgen für die *Weltbühne* mehr schlecht als recht existieren konnte, 1924 an Bord eines Kohlenfrachters die Überfahrt nach Newcastle ermöglicht. Was Mehring auf dieser seiner »ersten Seesturmfahrt«[3] erlebte, ist in *Westnordwestviertelwest* in elf Kapiteln beschrieben.

Die schmale Novelle wurde kaum rezensiert; bis auf Max Herrmann-Neisse standen die Kritiker dem Buch eher hilflos gegenüber, die »undefinierbare Balance in einer Zwischenlage zwischen Ernst und Ironie, Sachlichkeit und Lust am Spintisieren«[4] paßte in kein gängiges Schema und noch weniger zu dem Dadaisten und Cabaret-Poeten Walter Mehring. Der Kritiker Leo Rein schreibt, Mehring habe »wenig mehr als ein paar Lebensfragmente und Gestaltungsfetzen« von seiner Seereise mitgebracht, das Buch sei »ohne Rundung oder Vollendung«.[5] Mit seinen phantastischen Seeabenteuern und dem zusammenfabulierten Seemannsgarn über Kaptain Schluck und seine Jungs war *Westnordwestviertelwest* in der Schublade der Reisebücher nicht unterzubringen. Störend wirkte neben der Seehundsmenschen-Episode (S. 138) vor allem Old Nick, heimlicher Held der Seereise und die für das Verständnis der Novelle zentrale Figur.

Old Nick taucht immer dann auf, wenn Walt Merin in Gefahr ist, sich irgendwie einzugewöhnen und die »große Veränderung und das Versinken nicht mehr zu gewahren« (S. 162). Er schickt Liebesbriefe und Amuletts, damit Walt Merin »Sehnsucht kriegte, bevor er irgendwo festhakte«. Er verkörpert das, was Mehring in dem Chanson *Le Havre*[6] das »Heimweh zum Unbekannten« genannt hat: die Rastlosigkeit, die Reisesehnsucht, die Angst vor der Verspießerung, die Merin immer wieder zum Aufbruch treiben. Im letzten Kapitel wird diese Rolle Old Nicks ganz direkt geschildert: Kurz vor Hamburg, dem ›Heimathafen‹, holt Old Nick Merin von Bord des Dampfers von Kaptain Schluck, dreht bei und nimmt Kurs westviertelnord, Kurs auf eine der »dreißig Heimaten« Merins, »wo man die allerorts abgezapften Psychopathien, Tricks, Fanatismusneurosen filtrieren und auf ihre seelische Reagenz nachprüfen kann« (S. 160).

Mit den »dreißig Heimaten« klingt ein Motiv an, das Mehring in *Westnordwestviertelwest* (und in vielen Chansons) zur Reisesehnsucht, zum »Heimweh zum Unbekannten« dialektisch in Beziehung setzt: die Heimat*losigkeit*. Für den Weltbürger Walter Mehring, der Swift, Cyrano, Jules Verne und Cervantes als seine Lieblingsschriftsteller bezeichnet,[7] ein Wert, ein erstrebenswerter Zustand, eine Geisteshaltung und Reaktion auf ›Deutschlands Größe‹ und nationalistischen/nationalsozialistischen Wahn. Vaterländer sind ihm verdächtig, schon als Schüler: »Doch meine Sehnsucht, Phantasie-beflügelt / ging mit mir durch, von keinem Vaterland gezügelt.«[8] Eine Heimat ist nur die Sprache. (Die *Heimat Berlin*, ein Chanson aus dem Jahre 1929, ist in das Kapitel *Chansons der Fremde* eingeordnet,[9] umgekehrt sind die Paris-Gedichte in dem Band *Der Zeitpuls fliegt* unter *Heimat II*[10] zusammengefaßt.)

Old Nick hält Merin davon ab, zurückzukehren zu den »faulen Spießerquartieren mit Biedereinrichtung« (S. 160). Walt Merin reist neuen Abenteuern entgegen. Es treibt ihn nicht nur das *ubi bene – ibi patria*, die Liebe zur Seefahrt und zur Exotik ferner Länder. Für ihn wie für seinen Autor und Zwillingsbruder Walter Mehring ist Reisen Ausdruck einer (antipatriotischen) politischen Haltung. In einer Zeit, da in Deutschland Vaterland und Ehre im Kurs steigen und Hitler zu putschen versucht, antwortet Merin/Mehring dem ewigen Reisenden Old Nick, nach seiner Nationalität befragt: »I'm international!« (S. 145).

Westnordwestviertelwest ist in politischer Hinsicht ein autobiographisches Buch. Mehrings Forderung nach der umfassenden Freiheit des Individuums, seine Ablehnung des Staates als Institution, seine Weigerung, sich ›vaterländisch‹ zu verhalten, ist der Geschichte über Merins Reise, die nie endet (weil immer wieder Old Nick auftauchen wird, um ihn abzuholen), wie eine Folie unterlegt.

III

Algier oder Die 13 Oasenwunder, literarisch eigenwilliger und inhaltlich vielschichtiger als die mit Seemannsgarn ausgesponnene Novelle *Westnordwestviertelwest*, entstand nach einer Studienreise durch Nordafrika, die Mehring 1926 unternahm.[11] Das Buch erschien 1927 und erhielt, wie Mehring anläßlich der *Tagebuch*-Umfrage über »Bücher, die ungerecht behandelt wurden« schreibt, »beste Referenzen höchster Literaturkreise«,[12] wurde noch im selben Jahr unter dem Titel *Sahara* in Ausschnitten als vierteilige Hörbildfolge des Berliner Rundfunks[13] gesendet, und kam dennoch über eine erste Auflage von 4000 Exemplaren nicht hinaus. Der Grund dafür muß, abgesehen davon, daß der Verlag ›Die Schmiede‹ »in die ewigen Jagdgründe der Pleite«[14] einging und Novellen, wie Mehring vermutet, beim Publikum nicht gefragt sind, vor allem in der »Rücksichtslosigkeit (des Buches) gegen den Leser«[15] gesucht werden. *Algier* ist mit seinen Geschichten und Mythen, Landschaftsbeschreibungen, kulturgeschichtlichen und historischen Exkursen weder ein Reise- noch ein Geschichtsbuch, sondern auf ganz eigene, alle formalen literarischen Konventionen sprengende Weise alles zusammen: Da erscheint wie »auf der Mattscheibe einer Camera abscura aus der vorkinematographischen Ära Algier geographisch«, (S. 9), da werden Basare, Gebetsrufer und Sitten und Gebräuche geschildert, Geschichten und Sagen werden erzählt und wie ein Geschichtenerzähler Geschichten und Sagen erzählt, da sieht ein Kapitel über den Kramladen einer Orientalin aus St. Gallen aus wie ein Gedicht, Wegweiser und Festprogramme tauchen im Text auf und zu guter Letzt auch noch ein aufständisches Kamel. »Das ist, weiß der Himmel, das seltsamste je erschienene Reisebuch; so widerborstig, eigenwillig, daß es trotz seiner Rücksichtslosigkeit gegen den Leser schon wieder sympathisch, so zwiespältig und vielfältig, daß es schon wieder als Einheit wirkt. Immer wenn man denkt: das ist aber mal eine konzentrierte, präzise Reiseschilderung – da merkt man plötzlich, daß man eine Novelle liest. Und wenn man denkt: das ist aber mal eine originelle Novelle – da merkt man, daß man mitten in einer konzentrierten, präzisen Reiseschilderung ist.«[16] Mit dieser Einleitung hat Kurt Pinthus *Algier oder Die 13 Oasenwunder* im *Tagebuch* begeistert besprochen. Seine Rezension jedoch läßt einen wesentlichen Aspekt des Buches unberücksichtigt: *Algier* ist eine beißende Satire auf den Cook-Tourismus, eine Satire, die die kultivierten Europäer als die eigentlichen Kulturbarbaren entlarvt.

Der Cook-Tourist,[17] so benannt nach dem englischen Reisebüro ›Thos Cook & Son‹, das als erstes ab 1865 Pauschal- und Gesellschaftsreisen veranstaltete, ist für Mehring der Inbegriff des Spießers, der mit der Kodak vor dem Bauch und im Hochgefühl seiner Überlegenheit die Welt bereist, des zivilisierten Europäers, der ohne Achtung vor fremden Sitten und Gebräuchen und ohne Interesse für die Kultur fremder Völker Länder und Kontinente ›abhakt‹. In *Algier* hat Mehring diesen Touristen und den Cook-Reiseführer porträtiert und ihr Auftreten und ihre Kolonialherrenmentalität ausführlich beschrieben (manchmal mit der Betroffenheit dessen, dem bei der »rassischen Überlegenheit des Europäers« die Ohren klingen). Das Buch enthält eine Fülle genau beobachteter Details und Verhaltensmuster, die typisch »cook«, typisch für den gruppenweise durchs Land geschleusten Pauschaltouristen »Cookscher Nation« sind. So schildert Mehring, wie »die Herren« während einer Führung durch die Altstadt von Algier mit den Spazierstöcken in den »Faulenzenden« herumstochern; die Damen reden jeden auf englisch an und kichern, wenn sie nicht verstanden werden (S. 28), sie begaffen Arme und Sieche wie exotische Tiere, kaufen die Trödelläden leer und lassen sich Andenken vom Spiraldolch bis zur Kuskusmühle ins Hotel bringen. Mohammed, unabhängiger Stadtführer in Cooks Diensten, teilt seine Kundschaft in drei Gruppen ein: die Blasierten, die sich über die Sitten und Gebräuche der Einheimischen amüsieren, die »Forscher, die Schädelmessungen an ›Eingeborenen‹« (S. 32) vornehmen und jeden Koranlesenden zu Studienzwecken benutzen, und schließlich diejenigen, die immer wieder nach Algier kommen, um den »Wildbestand« der arabischen Frauen zu testen. Allen drei Gruppen ist gemeinsam, daß sie die »Landesbewohner gern über ihre Eigenarten aufklären«. Ihre kulturelle Überlegenheit ist im Führerpreis inbegriffen (S. 32).

Die Stützpfeiler des Cook-Systems sind seine Beamten. Mehring schildert sie als »gewiefte Araberkenner«, als »Sklavenhalter«, die in bester Kolonialherrenmanier nur von »stinkendem Gesindel« reden und nicht lange fackeln, wenn z. B. ein Busfahrer nicht spurt: Er wird zusammengeschlagen. Cook-Beamte, in zähem Kampf mit der ausländischen und einheimischen Konkurrenz (Walt Merin reist bezeichnenderweise mit der algerischen SINDABAD K & K TOURING CO.), müssen nicht nur mit Bordellen Gruppentarife aushandeln und mit allen Mitteln dafür sorgen, daß die Pauschalreisenden »in drei Wochen 2250 Kilometer absolvieren« können, sondern auch so auf das Reiseland einwirken, daß der zivilisierte Europäer, ohne schockiert oder in seinen sittlichen Gefühlen verletzt zu werden, gewinnbringend am kulturellen Leben teilhaben kann. Im Kapitel *Fantasia* hat Mehring ein anschauliches Beispiel für diese Form des Kulturimperialismus geliefert: Das traditionelle arabische Pferde- und Kamelrennen wird, bei Gewinnbeteiligung der Firma Cook, umfunktioniert zur Touristenattraktion mit Bauchtanz, Schützenmusik und Ball im Casino.

Mehring ist als Satiriker Realist, er vermeidet auch da, wo er satirisch überhöht, das Klischee, die Schablone. Wie differenziert er das Cook-Imperium beschreibt, zeigt exemplarisch das Kapitel über den »Guide« Mohammed, den arabischen Fremdenführer. Mohammed ist »pikfeiner Orientale«, der die Europäer zu den Sehenswürdigkeiten von Algier, durch das Gassengewirr der Kasbah führt. Gegen Aufpreis vermittelt er Heilung vom »amourösen Tropenkoller«. Er hat sich in Kleidung und Gebaren soweit auf die Cook-Reisenden eingestellt, daß selbst die »islambegeisterten Damen die Überlegenheit ihrer Rasse in seiner Umarmung vergessen« (S. 26). Mehring zeigt, welch zweifelhafte Rolle der »Guide« im großen Geschäft mit dem Tourismus spielt, mit welcher Servilität und Unterwürfigkeit er einem kommandierenden General, Industriemagnaten oder weltberühmten Dichter etwas vormimt, er zeigt aber auch, daß

Mohammed seine Sitten, seine Sprache, seine Kleidung, seine Identität, sich selbst verkauft, weil er eine Familie ernähren muß. Daß er letztlich betrogener Betrüger und damit Opfer des Cook-Systems ist, macht der drastische Schluß des *Guide*-Kapitels deutlich: Mohammed verschwindet spurlos aus Algier, er hockt, den Koran lesend, in einem Palmenzelt und träumt von seiner dreizehnjährigen Frau, die er aus Angst vor Sanktionen »einem holländischen Schwein ausgeliefert hat« (S. 34).

IV

Der Schluß des Novellenbandes ist ein satirischer Geniestreich. In London, wird gemeldet, hat ein Überseedampfer mit 3000 Arabern angelegt. Die Orientalen benehmen sich »unfair, überfielen den Wagen des Premiers und belästigten durch Betasten darin befindliche Minister ... Große Empörung!« (S. 104) Dabei ahmen die Araber nur nach, was Mehring in *Algier* beschrieben hat. Dem Cook-Spießer fährt der Schreck in die Glieder.

Um in Europa Schäden Cookschen Ausmaßes zu vermeiden, sitzt Walt Merin wieder hoch oben in Norwegen und feilt an seiner *leicht faßlichen Einführung in die Sitten und Gebräuche der Eingeborenen Europas zum Gebrauch für M'dares und arabische Mittelschulen.*

Christoph Buchwald

1 Antwort Mehrings auf die Umfrage »Haben Sie von Ihren Reisen produktive Eindrücke empfangen?« In: Die Literarische Welt, 6. Jg., 1930, Nr. 26, S. 3. Auf die Umfrage antworteten u. a. Arnold Zweig, Alfred Polgar, Heinrich Mann, Gottfried Benn, Ernst Toller und Joseph Roth.

2 Vgl. die Versbände *Europäische Nächte – Eine Zeitrevue*, Berlin 1924, und *Arche Noah SOS*, Berlin 1930

3 Vgl. Walter Mehring, *Die verlorene Bibliothek. Autobiographie einer Kultur*, S. 18, Düsseldorf 1978
4 Vgl. den Aufsatz von Max Herrmann-Neisse auf S. 184 ff.
5 Vgl. die Rezension von Leo Rein auf S. 186 f.
6 Walter Mehring, *Die Gedichte, Lieder und Chansons*, S. 230, Berlin 1929. Erstveröffentlichung in: Das Tagebuch, 6. Jg., 1925, Heft 18, S. 647–648
7 Vgl. das Motto auf S. 16 und *Die verlorene Bibliothek*, S. 18 und 306
8 Vgl. das 1946 entstandene autobiographische Gedicht »The March of Time«; in: Walter Mehring, *Großes Ketzerbrevier. Die Kunst der lyrischen Fuge*, S. 340, München/Berlin 1974
9 In: *Die Gedichte, Lieder und Chansons*, S. 203 ff.
10 Walter Mehring, *Der Zeitpuls fliegt*, S. 35 ff., Reinbek 1958
11 Reisen nach Algier waren unter den Literaten Berlins in Mode. Auch Alfred Kerr u. a. wurden von der »Allgier nach Algier« getrieben.
12 Vgl. die Selbstanzeige Walter Mehrings S. 191 f.
13 Vgl. die Funkstunde, Zeitschrift der Berliner Rundfunkstelle, Jg. 1927. Die vier Folgen sind angekündigt in den Nummern 38, 40, 45 und 47 und wurden am 24. 9., 8. 10., 4. 11. und 18. 11. 1927 gesendet. Die Nr. 38 zeigt Walter Mehring mit einer Gruppe von Algeriern auf dem Titelbild und enthält einen kurzen Aufsatz Mehrings über die »Geräusch-Illusion« im Hörspiel.
14 Vgl. Anm. 1
15 Vgl. die Rezension von Kurt Pinthus, S. 188 f.
16 ebenda
17 Der Ausdruck taucht bei Mehring immer wieder auf. Vgl. z. B. *Paris in Brand*, Roman, S. 102 und 209, Düsseldorf 1980; »Walt Merins Cabaret«, in: Die Neue Schaubühne, 3. Jg., 1921, Heft 7, S. 137; »Siège de Paris«, in: Das Tagebuch, 7. Jg., 1926, Heft 43, S. 1608–1609; »Reims«, in: *Die Gedichte, Lieder und Chansons*, S. 223, Berlin 1929. In einem (unveröffentlichten) Brief an Kurt Tucholsky (ohne Datum, vermutlich 1933) beklagt sich Mehring über die Isolation der Emigranten in Paris: »Sie wissen, wie das aussieht, wenn man als Emigrant statt als Cook-Europäer kommt.«
Heute würde man statt »Cook-Tourist« vielleicht »Neckermann-Tourist« sagen. Der tatsächliche Name des jeweiligen Reiseunternehmens spielt dabei keine Rolle mehr, er ist zum Synonym geworden.

Zeitgenössische Rezensionen und eine Selbstanzeige von Walter Mehring

MAX HERRMANN-NEISSE: WALTER MEHRINGS PROSA

Schreiben aus der Technik des Schreibens heraus, aus der überlegenen Freude an der Beherrschung des Apparats, aus einem berechtigten Handwerksstolz existierte bisher in deutschem Schrifttum kaum. Hier gab es immer nur zweierlei: einmal das Schreiben um einer Idee oder um einer Gefühlspropaganda willen (und mancher, der beides nicht hatte, täuschte es vor, schminkte sich Idee oder Gefühl an, borgte sie sich), dann die snobistische l'art-pour-l'art-Tändelei, den Luxus der Selbstbefriedigung, eine sinnlose Kunst »an sich«. Damit darf man das, was ich im ersten Satz nannte, nicht verwechseln, was ja kein eitles, nutzloses Hantieren im abgesperrten Raume ist, sondern gar sehr die Wirkung auf jedermann erstrebt, und diese Wirkung auch trefflich zu berechnen und hervorzurufen weiß. Schreiben aus der Technik heraus wird dieser Technik auch einen Willen unterlegen, wird die Meisterschaft für einen vernünftigen Sinn einsetzen, auf festem Boden stehen, nicht ins Blaue dunstiger Knifflichkeiten faseln. Es ist kein Zufall, daß derartige literarische Handwerklichkeit vorläufig am ehesten zu finden ist bei ausgesprochen revolutionären, aber zielbewußt und nüchtern für eine politische Überzeugung eintretenden Schriftstellern (wie Jack London, Franz Jung, und andrerseits bei dem anarchistischen Walter Serner. Auflösung und Aufbau berühren sich in ihren Formen). Aber es ist bezeichnend für die Direktions- und Instinktlosigkeit unsrer offiziellen Wertung, daß man den sonst allenthalben angewandten Maßstab des Könnens, der technischen Sicherheit, in der Literatur nicht gebraucht, im Gegenteil, heut Schludern, Leichtfertigkeit, Ratlosigkeit als Kriterium einer genialen Begabung annimmt. Nun hat unser stärkster Kabarettdichter, Walter Mehring, mehrere Prosabände veröffentlicht, die alle das eine gemeinsam haben: Leichtigkeit der Komposition und instinktive, ursprüngliche Sprachkultur. Es wäre falsch, zu sagen, es kommt dabei mehr auf das Wie als auf das Was an, aber beides befindet sich im Einklang, und das gemeinsame Fundament ist eine gleichermaßen unbarmherzig fröhliche und herzhaft bittre, ganz unabhängige Verarztung der Welt. (. . .)

Das in sich geschlossene Brevier einer imaginären und doch sehr robusten Meerfahrt ist »Westnordwestviertelwest oder über die Technik des Seereisens« (im Elena Gottschalk-Verlag, Berlin. Mit Umschlagbild und Textzeichnungen von Walter Mehring). Elf noch kürzere als Kurzgeschichten, norddeutsche Altenbergiaden eines schnurrigen Ringelnatzbruders, aber beileibe weder Altenberg- noch Ringelnatz-Imitationen, sondern wieder etwas Eigenes, Gebilde, die scharfen Blick für des Lebens kuriose Kleinzüge und Freude am Fabulieren merkwürdig vereinen und immer signiert sind mit der Stimmungsnuance ihres Autors, der guten Zusammenstellung: Skepsis und Liebe zu den Dingen

dieser Welt. (Skepsis allein ist ebenso unfruchtbar, unnütz, billig wie eine blinde, rührselige, von sich selbst besoffne, hemmungslose Hingabe wahl- und distanzlos an jeden Dreck!) Und nicht der kleinste Zauber des Buches ist seine undefinierbare Balance in einer Zwischenlage zwischen Ernst und Ironie, Sachlichkeit und Lust am Spintisieren, daß in gleicher Überzeugungskraft die Unterhaltung von Kapitänen, die mönchische Abgeschiedenheit der Feuerschiffe, die Vision der Seehundsmenschen, der unbeholfen liebe Brief eines kleinen Mädchens und die nicht ganz klaren Verhältnisse im scheinbar recht vielseitigen Laden der englischen Siedlung Jarrow getroffen sind. (. . .)
(Die Neue Bücherschau, 1924/25, Heft 5, Seite 16f.)

LEO REIN:

WESTNORDWESTVIERTELWEST ODER ÜBER DIE TECHNIK DES SEEREISENS

Der Matrose Walt Merin macht eine Seereise nach England und beschreibt sehr subjektiv seine Eindrücke.

Aber ach, der Matrose Walt Merin ist identisch mit dem einstigen Dadaisten Walter Mehring – und bringt von dieser Reise wenig mehr als ein paar Lebensfragmente und Gestaltungsfetzen mit.

Wie, wenn ein Schriftsteller eine Reise tut, so sollte er nicht mehr zu erzählen haben als Mehring? Keine stärkere Blickkraft und Malkraft haben?

»Ich sehe das nicht« – so sprach einst ein Dichter das Urteil über das Buch eines anderen. Ich »sehe« das nicht, was Walter Mehring schreibt. Diese Reise ist nicht gehauen und nicht gestochen.

Es mag Kritiker geben, die diesen Dilettantismus, diese Unfertigkeit, dieses Vor-sich-hin-Schreiben ohne Rundung oder Vollendung, diesen verlegenen Subjektivismus ge-

schwind für neueste Kunst ausgeben werden. Jeder hat den Kritiker, den er verdient.
(Die Literatur, 27. Jg., 1925/26, Seite 431)

ESSAD-BEY: ALGIER ODER DIE 13 OASENWUNDER

Es gibt Bücher, die man in einer Nacht, ohne sie aus der Hand zu legen, ausliest und dann irgendeiner Freundin verschenkt. Es gibt auch solche, deren Weisheit man in langen Wochen in sich einsaugt, und die man dann im Bücherschrank versteckt, damit sie kein fremdes Auge sieht. Es gibt aber auch Bücher, die man in einer Nacht auslesen möchte, und die man doch nicht ausliest, weil man sie auch morgen und übermorgen und noch nach drei Tagen lesen will, und die man nie einer Freundin schenken würde.

Ein solches Buch ist »Algier« von Walter Mehring.

Heutzutage ist es Sitte, daß jeder Europäer, der an einer Cook-Rundreise nach dem Orient teilnahm und kein literarischer Analphabet ist, ein Buch (und zwar ein schlechtes Buch) über den Orient schreibt. So steht man jeder Neuerscheinung auf diesem Gebiet etwas skeptisch gegenüber. Denn es gibt keinen Orient mehr, oder es ist sehr wenig von ihm übriggeblieben, oder er hat sich verborgen und wird nur den Augen eines Dichters sichtbar; und ein solcher Dichter ist Walter Mehring. Das, was der Reisende in Algier sieht, sind schmutzige Straßen, verlauste Kinder, zerstörte Moscheen, neuerbaute Hotels und kommunistische Flugblätter, die jemand als »Teppich des erwachenden Asiens« bezeichnete. Das, was Walter Mehring in Algier sah (oder nur fühlte), war nicht nur der Staub von heute, sondern es war auch der Orient, der letzte Fetzen jenes Orients, der einst die Moscheen von Buchara erbaute, auf den Teppichen der Alhambra Verse rezitierte, an Lepra erkrankte und zuletzt das schöne Wort »Bakschisch« erfand. Dabei bleibt Walter Mehring ein moderner Dichter, ein Dichter des 20. Jahrhunderts, der seine romantische Pietät gut unter dem Schleier des ironischen Lächelns zu verbergen weiß. Er macht das wie Ehrenburg, sein großer russischer Kollege, dem man auch nie die Gedanken ablesen kann.

Wer nie im Orient war, wer von dem Lande des Halbmonds nur träumen kann, der lese keine Reisebeschreibungen, der lese nicht die Mitteilungen der zahlreichen königlichen und nichtköniglichen Akademien der Wissenschaften, der lese die 13 Oasenwunder von Walter Mehring, denn das, was darin steht, ist nicht nur Algier, sondern das ganze Araberland, von den Bergen des Atlas bis zu den Schneegipfeln des Libanons.

(Die Literarische Welt, 1927, 3. Jg., Nr. 22)

KURT PINTHUS IN DER RUBRIK »BÜCHER, DIE DAS TAGEBUCH EMPFIEHLT«

Das ist, weiß der Himmel, das seltsamste je erschienene Reisebuch; so widerborstig, eigenwillig, daß es trotz seiner Rücksichtslosigkeit gegen den Leser schon wieder sympathisch, so zwiespältig und vielfältig, daß es schon wieder als Einheit wirkt. Immer wenn man denkt: das ist aber mal eine konzentrierte, präsise Reiseschilderung – da merkt man plötzlich, daß man eine Novelle liest. Und wenn man denkt: das ist aber mal eine originelle Novelle – da merkt man, daß man mitten in einer konzentrierten, präzisen Reiseschilderung ist. Krasse Wirklichkeitsdarstellung ist allenthalben durchsickert von dichterischen, ja hymnischen Passagen. Grell belichtete Tatsächlichkeit europäisch-afrikanischer Tage wird zur Legende, und aus afrikanischen Legenden sprießt klarste Erkenntnis des bizarren Potpourris am Wüstenrand. Da werden die Bewohner einer Stadt so geschildert, daß man nicht weiß, ob von Ungeziefer oder von Menschen die Rede ist; da durchwettert schärfste Zeitkritik jede rapid gefaßte Atmosphäre aus Stadt und Land, ob in Norwegen, auf dem Mittelmeer, in Algier, in der Wüste oder der Oase.

Das Buch ist von einer Unzahl knappumrissener, aber scharfgesehener Menschen aller Art durchwimmelt – und von vielen Tieren, an denen menschliche Probleme exemplifiziert werden, während die Menschen meist Anlagen aufweisen, die wir falscher- und (für die Tiere) beleidigenderweise als tierisch bezeichnen. Das alles ist von Sprachkunst, Witz, Mythos, Anekdote, Landschaftsbildern, Kulturanalyse und Historie, von der man gar nicht mehr merkt, daß sie Historie ist, so mannigfaltig belebt, daß man schließlich glaubt, mehrere Bände Geschichten, Geschichte und Schilderung gelesen zu haben . . . während es doch nur 170 Seiten sind. Würde ich sagen, dies Buch sei gut, so wäre das zuwenig; und wenn ich erklären wollte, wie es und was es alles ist, dann müßte so viel gesagt werden, daß schon das Gescheiteste und Einfachste ist, schlichtweg, aber energisch zu empfehlen: jedermann lese das Buch selbst.

(Das Tagebuch, 8. Jg., Heft 23, 4. Juni 1927, Seite 910f.)

J. E. PERITZKY:
ALGIER ODER DIE 13 OASENWUNDER

Es ist das eigenwillige Buch eines Menschen, der sieht, der empfindet, und der Empfundenes mit einem burlesken Humor überkrustet. Mitgefühl des Juden und objektive Kühle des Westeuropäers – das Heinesche Erbe – schmelzen zusammen; der erhitzte Dichter drängt sich bald vor den sachlichen Schilderer, und zuweilen fährt der eisigkalte Beobachter dem leidenschaftlich Ergriffenen rüttelnd über den Mund. Das immer Unfaßbare und Imponderiable der fremden Welt ist glücklich eingefangen und schwingt zwischen den Zeilen. Aber daß diese Eindrücke im launenreichen Kabarettstil wiedergegeben sind, macht die einzelnen Bilder reizvoll durch den Antagonismus von Form und Inhalt. Um Gottes willen nicht sentimental werden, heißt die Losung, und wenn man Rotz und Wasser heulen möchte. Tun wir objektiv und umpanzern wir uns mit der berühmten Schnoddrigkeit des Berliners, und sollten wir innerlich auch verglühen.

Wie Walter Mehring den nordafrikanischen Menschen schaut und empfindet, wird durch die Unmittelbarkeit seiner Impressionen dem Leser zum starken Erlebnis. Es gibt das Folkloristische, Andere, Auffällige in Andeutungen, die mehr sagen als wissenschaftliche Schilderungen. Sein Buch ist farbig, temperamentvoll und schmissig. Wenn es fast mit Absicht allem Lexikonwissen aus dem Wege geht, entschädigt es dafür durch einige starke Geschichten, die, offenbar dem Boden der Wirklichkeit entsprungen, Art und Wesen des Arabers gut beleuchten und dennoch in die Sphäre des Poetischen gerückt sind.

(Die Literatur, 29. Jg., 1927/27, Seite 246)

N. N.:

BEMERKENSWERTE NEUERSCHEINUNGEN

Keine Reportage im herkömmlichen Sinne, auch keine Reisebeschreibung, der es auf das Erfassen fremder (unverständlicher) Gefühlskomplexe ankommt. Schlaglichter auf eine Kultur, die eigentlich keine mehr ist, auf ein Land, des-

sen Kräfte von snobistischen Globetrottern und sensationslüsternen Kilometerfressern absorbiert werden: übrig bleibt ein gesichtsloses Etwas. Mehring liebt das Verzerrte, Abrupte, treibt einen Spuk mit Situationen und Worten. – Aber die stilistische Schärfe, auf der die Treffsicherheit seiner Chansons beruht, wirkt hier in dieser Prosa, mit der Mehring nach langer Zeit wieder vor die Öffentlichkeit tritt, als ermüdende geistreiche Spielerei. – Ausgenommen die Geschichte »Von Mohammed, dem R'umi oder dem Feuer der Pestilenz«, die aber schon bekannt ist.
(Die Neue Bücherschau, 1926/27, Heft 6, Seite 303f.)

WALTER MEHRING:
BÜCHER, DIE UNGERECHT BEHANDELT WURDEN
(ANTWORT AUF EINE UMFRAGE)

Als Erzeuger von acht literarischen Würmern, davon zwei im blühenden Alter des vierten Tausend zugleich mit ihrem Verleger das Zeitliche segneten, während ein drittes sein Leben am laufenden Bande einer Romanserie fristet, beeile ich mich, Ihnen mitzuteilen, daß diejenigen Werke, die nicht die hundertste Auflage erreicht haben, – d. h. alle, – am ungerechtesten behandelt worden sind. Ohne mich in müßige Untersuchungen zu verlieren, ob die Schuld mehr die Radfahrer und Freimaurer, oder mehr die Verleger und den Verfasser trifft, will ich die humane Gelegenheit benutzen, ein größeres Publikum auf die Existenz zweier Produkte meines Privatunternehmens hinzuweisen. Das erste heißt: *Neubestelltes abenteuerliches Tierhaus* (Kiepenheuer, 1925. Zu haben in allen wahrhaft distinguierten Buchhandlungen.) Eine komplette Zoologie der Fabeltiere von den mittelalterlichen Bestiarien bis zur modernen Traumdeutung; vergleichende Studie über die Funktion des

Tieres in der Mystik und der Psychoanalyse und seine soziale Stellung im Wechsel der Zeiten. Daß hier Wissenschaftliches satirisch, Satirisches wissenschaftlich ausgelegt wurde, erregte mit Recht den Unwillen der Käufer, die für ihr gutes Geld entweder etwas zum Lachen oder etwas zum Nachdenken, aber nicht beides zusammen gefordert hatten. Zweitens: *Algier oder die 13 Oasenwunder*. (Der Verlag »Die Schmiede« hat sich bereit erklärt, auf besonderen Wunsch Exemplare gegen Barzahlung abzugeben.) Ist eine Reisebeschreibung in 13 Novellen; soziale Begebnisse vom Zusammentreffen der Cookschen Fremdenführung und der orientalischen Kultur; Geschichten der Oulad Nail, Kamele, Vergnügungsreisenden und Kolonialspießer. Novellen sind unbeliebt. Ich weiß nicht warum; aber es ist so. Vielleicht, weil es keine Romane sind. Es fehlt ihnen die Erhabenheit der Langatmigkeit. Das Buch hat übrigens beste Referenzen höchster Literaturkreise, die werktags von 9–11 bei mir zu besichtigen sind. Die Referenzen, meine ich!

Indem ich nochmals dem werten Tage-Buch und seiner Leserschaft danke, einem besorgten Schmökervater Gehör geschenkt zu haben, schließe ich, in der Hoffnung, daß der Tag des Buches an Rudolf Herzog gutmachen wird, was er an mir gesündigt hat, als Ihr sehr ergebener

Walter Mehring
Verfasser mehrerer Bücher.

(Das Tagebuch, 10. Jg., Heft 12, 22. 3. 1929, Seite 466f.)